瑞蘭國際

瑞蘭國際

瑞蘭國際

瑞蘭國際

言語知識、讀解、聽解三合一

一考就上！新日檢N4 新版 全科總整理

林士鈞老師 著

作者序

序

《全科總整理》系列是我多年前出的書了，是我的日檢書當中最完整，不只是從N5到N1，也涵蓋了文字、語彙、文法等言語知識，甚至也有一些讀解和聽解的練習，讓考生可以提前瞭解出題方向。

多年前？是的，我不否認。同時我也不否認我是新日檢年代台灣日檢書的第一人，不只是最早出書、出最多書、也是賣最多書的。

過去幾年，我也曾協助其他出版社審訂一些日本知名出版社的日檢版權書，在台灣也有相當不錯的銷量。現在回頭來看，這麼多年下來，我的這套書一點都沒有退流行，比起日本的書也一點都不遜色，這三個第一也算是當之無愧。

「N5」算是學日文的適性測驗，範圍大約是初級日文的前半，從50音開始，到基本的動詞變化為止。如果你通過N5，表示你和日文的緣分沒問題，可以繼續走下去。

「N4」涵蓋了所有初級日文的範圍，所有的助詞、所有的補助動詞、所有的動詞變化都在考試範圍內。所以我才說N4最重要，不是考過就好，而是考愈高分愈好。如果N4可以考到130分以上，表示你的初級日文學得紮實，進入下一個階段會很輕鬆。

「N3」是個神祕的階段，我的意思是很多教學單位喜歡裝神弄鬼騙你。說穿了，就是中級日文前半的範圍，和初級日文最大的差異需要的是閱讀能力。如果你發現搞不定N3，記得回到初級日文複習N4文法，而不是硬學下去。

「N2」是中級日文的所有範圍，我認為需要好好學，但是台灣因為有些同學資質好，不小心就低空飛過，結果卻因為不是真的懂，種下日後N1永遠過不了的命運，這點請大家小心。

「N1」屬於高級日文，聽起來就很高級，不只要花很多很多的時間，也要有很好很好的基礎才能通過。不過請記住，通過N1不是學習日文的終點，而是進入真實日文世界的起點。

囉嗦完畢，老師就送各位安心上路吧。祝福各位在學習日文的路上，一路好走。

戰勝新日檢，掌握日語關鍵能力

元氣日語編輯小組

日本語能力測驗（日本語能力試験）是由「日本國際教育支援協會」及「日本國際交流基金會」，在日本及世界各地為日語學習者測試其日語能力的測驗。自1984年開辦，迄今超過30年，每年報考人數節節升高，是世界上規模最大、也最具公信力的日語考試。

新日檢是什麼？

近年來，除了一般學習日語的學生之外，更有許多社會人士，為了在日本生活、就業、工作晉升等各種不同理由，參加日本語能力測驗。同時，日本語能力測驗實行30多年來，語言教育學、測驗理論等的變遷，漸有改革提案及建言。在許多專家的縝密研擬之下，自2010年起實施新制日本語能力測驗（以下簡稱新日檢），滿足各層面的日語檢定需求。

除了日語相關知識之外，新日檢更重視「活用日語」的能力，因此特別在題目中加重溝通能力的測驗。目前執行的新日檢為5級制（N1、N2、N3、N4、N5），新制的「N」除了代表「日語（Nihongo）」，也代表「新（New）」。

新日檢N4的考試科目有什麼？

新日檢N4的考試科目，分為「言語知識（文字・語彙）」、「言語知識（文法）・讀解」與「聽解」三科考試，計分則為「言語知識（文字・語彙・文法）・讀解」120分，「聽解」60分，總分180分，並設立各科基本分數標準，也就是總分須通過合格分數（=通過標準）之外，各科也須達到一定成績（=通過門檻），如果總分達到合格分數，但有一科成績未達到通過門檻，亦不算是合格。總分通過標準及各分科成績通過門檻請見下表。

<table>
<tr><th colspan="4">N4總分通過標準及各分科成績通過門檻</th></tr>
<tr><td rowspan="2">總分通過標準</td><td>得分範圍</td><td colspan="2">0~180</td></tr>
<tr><td>通過標準</td><td colspan="2">90</td></tr>
<tr><td rowspan="4">分科成績通過門檻</td><td rowspan="2">言語知識
（文字・語彙・文法）・讀解</td><td>得分範圍</td><td>0~120</td></tr>
<tr><td>通過門檻</td><td>38</td></tr>
<tr><td rowspan="2">聽解</td><td>得分範圍</td><td>0~60</td></tr>
<tr><td>通過門檻</td><td>19</td></tr>
</table>

從上表得知，考生必須總分超過90分，同時「言語知識（文字・語彙・文法）・讀解」不得低於38分、「聽解」不得低於19分，方能取得N4合格證書。

另外，根據新發表的內容，新日檢N4合格的目標，是希望考生能完全理解基礎日語。

<table>
<tr><th colspan="3">新日檢N4程度標準</th></tr>
<tr><td rowspan="2">新日檢N4</td><td>閱讀（讀解）</td><td>・能閱讀以基礎語彙或漢字書寫的文章（文章內容則與個人日常生活相關）。</td></tr>
<tr><td>聽力（聽解）</td><td>・日常生活狀況若以稍慢的速度對話，大致上都能理解。</td></tr>
</table>

新日檢N4的考題有什麼（新舊比較）？

從2020年度第2回（12月）測驗起，新日檢N4測驗時間及試題題數基準進行部分變更，考試內容整理如下表所示：

考試科目		題型					考試時間	
		大題		內容	題數			
					舊制	新制	舊制	新制
言語知識（文字・語彙）	文字・語彙	1	漢字讀音	選擇漢字的讀音	9	7	30分鐘	25分鐘
		2	表記	選擇適當的漢字	6	5		
		3	文脈規定	根據句子選擇正確的單字意思	10	8		
		4	近義詞	選擇與題目意思最接近的單字	5	4		
		5	用法	選擇題目在句子中正確的用法	5	4		
言語知識（文法）・讀解	文法	1	文法1（判斷文法形式）	選擇正確句型	15	13	60分鐘	55分鐘
		2	文法2（組合文句）	句子重組（排序）	5	4		
		3	文章文法	文章中的填空（克漏字），根據文脈，選出適當的語彙或句型	5	4		
	讀解	4	內容理解（短文）	閱讀題目（包含學習、生活、工作等各式話題，約100～200字的文章），測驗是否理解其內容	4	3		
		5	內容理解（中文）	閱讀題目（日常話題、狀況等題材，約450字的文章），測驗是否理解其內容	4	3		
		6	資訊檢索	閱讀題目（介紹、通知等，約400字），測驗是否能找出必要的資訊	2	2		

<table>
<tr><th rowspan="3">考試科目</th><th colspan="5">題型</th><th colspan="2" rowspan="2">考試時間</th></tr>
<tr><th colspan="2" rowspan="2">大題</th><th rowspan="2">內容</th><th colspan="2">題數</th></tr>
<tr><th>舊制</th><th>新制</th><th>舊制</th><th>新制</th></tr>
<tr><td rowspan="4">聽解</td><td>1</td><td>課題理解</td><td>聽取具體的資訊，選擇適當的答案，測驗是否理解接下來該做的動作</td><td>8</td><td>8</td><td rowspan="4">35分鐘</td><td rowspan="4">35分鐘</td></tr>
<tr><td>2</td><td>重點理解</td><td>先提示問題，再聽取內容並選擇正確的答案，測驗是否能掌握對話的重點</td><td>7</td><td>7</td></tr>
<tr><td>3</td><td>說話表現</td><td>邊看圖邊聽說明，選擇適當的話語</td><td>5</td><td>5</td></tr>
<tr><td>4</td><td>即時應答</td><td>聽取單方提問或會話，選擇適當的回答</td><td>8</td><td>8</td></tr>
</table>

其他關於新日檢的各項改革資訊，可逕查閱「日本語能力試驗」官方網站 http://www.jlpt.jp/。

台灣地區新日檢相關考試訊息

測驗日期：每年七月及十二月第一個星期日

測驗級數及時間：N1、N2在下午舉行；N3、N4、N5在上午舉行

測驗地點：台北、桃園、台中、高雄

報名時間：第一回約於三～四月左右，第二回約於八～九月左右

實施機構：財團法人語言訓練測驗中心

（02）2365-5050

http://www.lttc.ntu.edu.tw/JLPT.htm

如何使用本書

STEP 1

本書將新日檢N4考試科目，分別依：

第一單元　言語知識（文字・語彙）
第二單元　言語知識（文法）
第三單元　讀解
第四單元　聽解

順序排列，讀者可依序學習，或是選擇自己較弱的單元加強。

單元準備要領
直接抓到答題技巧，拿下分數。

必考單字整理
迅速掌握考題趨勢，學習最有效率。

一考就上！新日檢N4
全科總整理

文字・語彙準備要領

新日檢N4「言語知識」的「文字・語彙」部分共有五大題，第一大題考漢字的讀音；第二大題考漢字的寫法；第三大題為克漏字，測驗考生能否填入正確的單字，完成題目句；第四大題考近義詞；第五大題考單字字義。

簡單來說，測驗可分為二個方向，「文字」測驗的是漢字的讀寫、「語彙」測驗的是單字的意義。本單元正是依出題方向，將必考漢字及語彙整理成表，讀者只要將本書裡的單字記熟、並配合練習題確認熟練度，「文字・語彙」一科絕對能高分。

此外，本書所附之音檔，錄有所有的相關單字，建議讀者眼睛看著單字、耳朵聽著發音，更有加深記憶的效果。也可在上網或是工作之餘反覆聆聽。不僅可以輕鬆記熟單字，對於聽力也有很大的幫助。

第一單元 言語知識（文字・語彙） 單字整理
第二單元 言語知識（文法）
第三單元 讀解
第四單元 聽解

必考單字整理

壹　文字

一　漢字總整理

（一）N4漢字範圍

N4範圍的漢字不到三百個，請先全部記起來。為何要先記這二百多個字呢？第一、漢字發音題只會考這些字；第二、漢字寫法題也只是考這些字；第三、考題中，除了這二百多個字以外，幾乎不會出現其他漢字了。所以在準備考試的過程中，除了這二百多個字以外的漢字，都應該只是輔助，千萬不要只靠漢字記字義，而應該是背發音、記字義，漢字當作沒看到。

一	九	七	十	人	二	入	八	力	下	口	工
三	山	子	女	小	上	千	川	大	土	万	夕
引	円	火	牛	区	月	犬	元	五	午	今	止
手	少	心	水	切	太	中	天	日	不	父	分
文	方	木	友	六	以	右	外	去	兄	古	広
左	仕	四	市	写	主	出	世	正	生	代	台
田	冬	白	半	母	北	本	民	目	用	立	安
会	回	気	休	光	好	考	行	合	死	字	自
色	西	先	早	多	地	池	同	肉	年	百	毎
名	有	医	何	花	究	近	見	言	作	私	社

19

答	道	買	飯	暗	意	遠	楽	漢	業	試	新
電	働	話	駅	歌	銀	語	説	読	聞	質	館
親	頭	薬	顔	験	題	曜					

（二）漢字一字 MP3-01

ア行	
あ	間（あいだ）　味（あじ）　赤（あか）ちゃん　遊（あそ）び
い	石（いし）　糸（いと）
う	嘘（うそ）　腕（うで）　裏（うら）
え	枝（えだ）
お	億（おく）　夫（おっと）　音（おと）　表（おもて）　踊（おど）り　お祝（いわ）い　お子（こ）さん　お札（さつ） お嬢（じょう）さん　お宅（たく）　お釣（つ）り　お祭（まつ）り　終（お）わり

20

音檔序號
發音最準確，隨時隨地訓練聽力。

系統整理基礎文法

依照出題基準整理，幫助熟記基礎文法概念，加速作答效率。

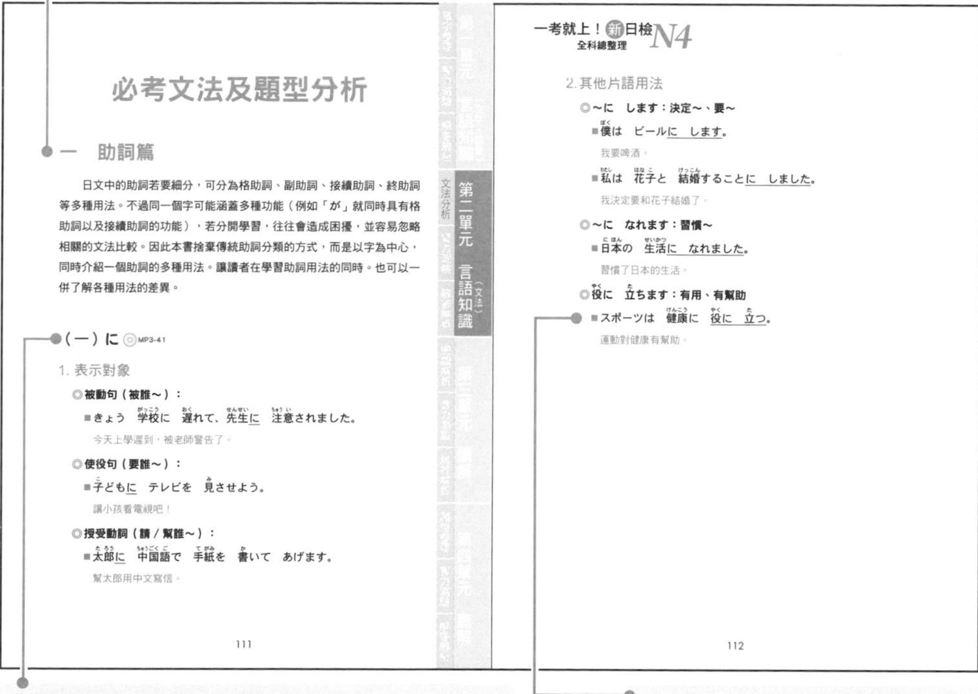

必考文法及題型分析

一　助詞篇

日文中的助詞若要細分，可分為格助詞、副助詞、接續助詞、終助詞等多種用法。不過同一個字可能涵蓋多種功能（例如「が」就同時具有格助詞以及接續助詞的功能），若分開學習，往往會造成困擾，並容易忽略相關的文法比較。因此本書捨棄傳統助詞分類的方式，而是以字為中心，同時介紹一個助詞的多種用法。讓讀者在學習助詞用法的同時，也可以一併了解各種用法的差異。

（一）に　MP3-41

1. 表示對象

◎被動句（被誰～）：

■きょう　学校に　遅れて、先生に　注意されました。

今天上學遲到，被老師警告了。

◎使役句（要誰～）：

■子どもに　テレビを　見させよう。

讓小孩看電視吧！

◎授受動詞（請／幫誰～）：

■太郎に　中国語で　手紙を　書いて　あげます。

幫太郎用中文寫信。

111

第二單元　言語知識（文法）　文法分析

一考就上！新日檢N4 全科總整理

2. 其他片語用法

◎～に　します：決定～、要～

■僕は　ビールに　します。

我要啤酒。

■私は　花子と　結婚することに　しました。

我決定要和花子結婚了。

◎～に　なれます：習慣～

■日本の　生活に　なれました。

習慣了日本的生活。

◎役に　立ちます：有用、有幫助

■スポーツは　健康に　役に　立つ。

運動對健康有幫助。

112

詳盡解說分析比較

羅列最重要的助詞、動詞等相關句型，指導正確用法與意義，不會再誤用。

日語例句與解釋

例句生活化，好記又實用。

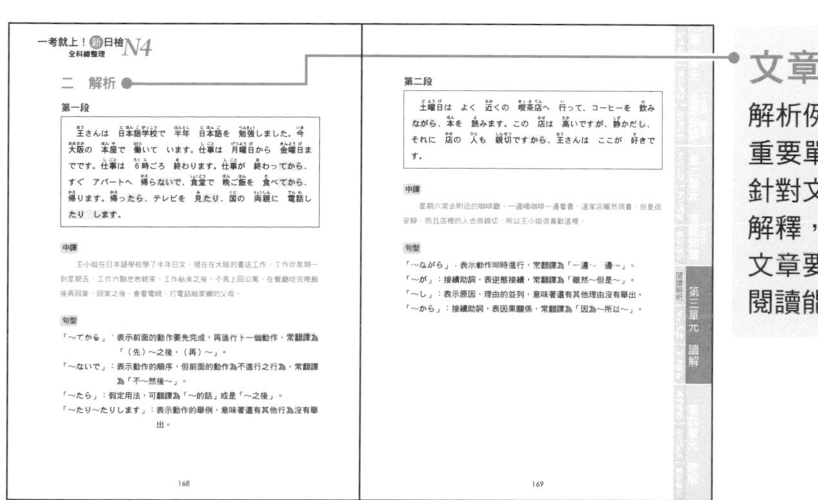

一考就上！新日檢N4 全科總整理

二　解析

第一段

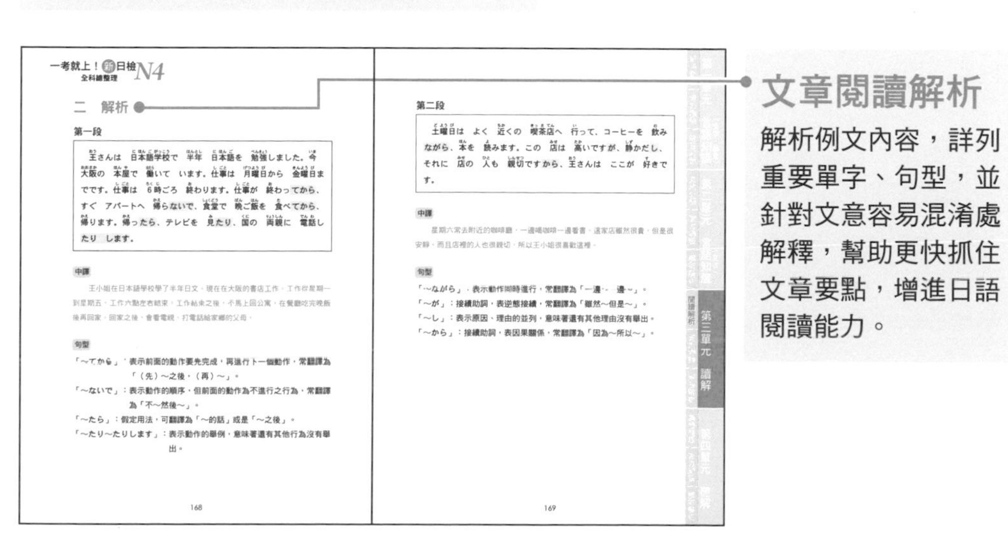

王さんは　日本語学校で　半年　日本語を　勉強しました。今大阪の　本屋で　働いて　います。仕事は　月曜日から　金曜日までです。仕事は　6時ごろ　終わります。仕事が　終わってから、すぐ　アパートへ　帰らないで、食堂で　晩ご飯を　食べてから、帰ります。帰ったら、テレビを　見たり、国の　両親に　電話したり　します。

中譯

王小姐在日本語學校學了半年日文。現在在大阪的書店工作。工作從星期一到星期五。工作六點左右結束。工作結束之後，不馬上回公寓，在餐廳吃完晚飯後再回家。回家之後，會看電視、打電話給家鄉的父母。

句型

「～てから」：表示前面的動作要先完成，再進行下一個動作，常翻譯為「（先）～之後，（再）～」。

「～ないで」：表示動作的順序，但前面的動作為不進行之行為，常翻譯為「不～然後～」。

「～たら」：假定用法，可翻譯為「～的話」或是「～之後」。

「～たり～たりします」：表示動作的舉例，意味著還有其他行為沒有舉出。

168

第二段

土曜日は　よく　近くの　喫茶店へ　行って、コーヒーを　飲みながら、本を　読みます。この　店は　高いですが、静かだし、それに　店の　人も　親切ですから、王さんは　ここが　好きです。

中譯

星期六常去附近的咖啡廳，一邊喝咖啡一邊看書。這家店雖然很貴，但是很安靜，而且店裡的人也很親切，所以王小姐很喜歡這裡。

句型

「～ながら」：表示動作同時進行，常翻譯為「一邊～一邊～」。

「～が」：接續助詞，表逆態接續，常翻譯為「雖然～但是～」。

「～し」：表示原因、理由的並列，意味著還有其他理由沒有舉出。

「～から」：接續助詞，表因果關係，常翻譯為「因為～所以～」。

第三單元　讀解　閱讀解析

169

文章閱讀解析

解析例文內容，詳列重要單字、句型，並針對文意容易混淆處解釋，幫助更快抓住文章要點，增進日語閱讀能力。

STEP 2

每閱讀一單元後，立即檢測實力：

實力測驗→解答→中文翻譯及解析

找出盲點，做萬全的準備。

實力測驗

問題Ⅰ ＿＿＿に　ふさわしい　ものは　どれですか。1・2・3・4から　ひとつ　えらんで　ください。

（　）① どれ＿＿＿　あなたの　ペンですか。
1. や　2. は　3. が　4. を

（　）② あそこに　「入るな」＿＿＿　書いて　あります。
1. に　2. で　3. と　4. へ

（　）③ いそいで　いる＿＿＿、すぐ　出かけます。
1. ので　2. のに　3. でも　4. では

（　）④ 気を　つけて　いた＿＿＿、お金を　なくして　しまいました。
1. ので　2. のに　3. でも　4. から

（　）⑤ 田中さんが　あした　来る＿＿＿　どうか　わかりません。
1. は　2. が　3. か　4. を

（　）⑥ お茶を　のんで　＿＿＿いると、歯の　色が　かわって　きますよ。
1. だけ　2. しか　3. ながら　4. ばかり

（　）⑦ わたしの　国は　野球＿＿＿　さかんです。
1. を　2. が　3. の　4. に

（　）⑧ ねつが　ある＿＿＿、おなかが　いたいから、きょうは　休みます。
1. と　2. し　3. が　4. で

141

第二單元 言語知識（文法） 實力測驗

中文翻譯及解析

問題Ⅰ

（　）① どれ＿＿＿　あなたの　ペンですか。
1. や　2. は　3. が　4. を

中譯　哪個是你的筆呢？

解說　「どれ」（哪個）是疑問詞，相關考題非常多樣，不過最難的還是屬「は」和「が」的區分。「は」和「が」的區分可先用最基本的概念，也就是「は」後面為新訊息、而「が」前面為新訊息。這就是所謂的：「已知＋は＋未知」、「未知＋が＋已知」。本題的「どれ」既然是疑問詞，自然為句子中的新訊息，也就是未知的部分，所以後面要加上「が」。故本題應選3。

（　）② あそこに　「入るな」＿＿＿　書いて　あります。
1. に　2. で　3. と　4. へ

中譯　那裡寫有「禁止進入」。

解說　「思う」（想）、「言う」（說）、「書く」（寫）、「読む」（讀）等等表示思考、語言行為的動詞前加「と」，可以表示此行為的內容。例如「～と思う」表示「我覺得～」、「～と読む」表示「唸作～」。因此本題答案為3。

149

第二單元 言語知識（文法） 解答解析

實力測驗

檢視自我學習程度，培養應考戰鬥力。

中文翻譯及解析

掌握自我實力，了解盲點所在。

STEP 3

在研讀前四單元之後，可運用：

附錄 1　N4 考前掃描

附錄 2　N5 文字複習

附錄 3　N5 語彙複習

附錄 4　Can-do 檢核表

掌握應試技巧，並了解自我應用日語的能力。

一考就上！新日檢N4
全科總整理

考前掃瞄

一　單字

本單元為考生整理最容易混淆的「自他動詞」以及「敬語」。自他動詞和敬語有可能會出現在「文字」、「語彙」、「文法」、「讀解」、「聽解」任何一個單元，可說是投資報酬率最高的一個部分。因此，請各位利用最後一天、甚至最後十分鐘，快速將以下動詞瀏覽一遍。自他動詞除了注意其發音外，也應該牢記哪個是自動詞、哪個是他動詞。如此一來，不僅可以一舉兩得、更有事半功倍之效。敬語部分，則請注意哪個是尊敬語、哪個是謙讓語，這樣在考試時，更能快速瞭解題意，並且可以選出正確答案。

（一）自動詞與他動詞 MP3-67

日文裡有很多相對應的自他動詞，因為中文未必有相對應的說法，請各位務必以每個字的語尾判斷。老師告訴各位二個判斷方式，這二個判斷方式可以幫助各位判斷七成以上的自他動詞，請各位從下表看看是否符合。第一：自他詞組中，辭書形語尾若為「す」，必為他動詞；第二：自他詞組中，辭書形語尾若為「～ａる」、「～ｅる」對應時，「～ａる」必為自動詞、「～ｅる」必為他動詞。在臺灣，知道這二個規則的老師不會超過十個，噓，不要說是我說的喔！

238

自	上がる	自	開く	自	集まる	自	起きる
他	上げる	他	開ける	他	集める	他	起こす
自	落ちる	自	変わる	自	消える	自	決まる
他	落とす	他	変える	他	消す	他	決める
自	壊れる	自	下がる	自	閉まる	自	足りる
他	壊す	他	下げる	他	閉める	他	足す
自	立つ	自	付く	自	続く	自	出る
他	立てる	他	付ける	他	続ける	他	出す
自	止まる	自	治る	自	無くなる	自	並ぶ
他	止める	他	治す	他	無くす	他	並べる
自	入る	自	始まる	自	見つかる	自	焼ける
他	入れる	他	始める	他	見つける	他	焼く

聽

目標：在教室、身邊環境等日常生活中會遇到的場合下，透過慢速、簡短的對話，即能聽取必要的資訊。

□ 1. 簡単な道順や乗り換えについての説明を聞いて、理解できる。
聽取簡單的路線指引或是轉乘說明，可以理解。

□ 2. 身近で日常的な話題（例：趣味、食べ物、週末の予定）についての会話がだいたい理解できる。
可以大致理解關於身邊日常生活話題（例如嗜好、食物、週末的計畫）的對話。

□ 3. 簡単な指示を聞いて、何をすべきか理解できる。
聽取簡單的指示，可以理解應該做什麼。

□ 4. 先生からのお知らせを聞いて、集合時間、場所などがわかる。
聽取老師的通知，可以了解集合時間、地點等。

考前掃描

進入考場前快速瀏覽，把握最後衝刺的機會。

Can-do 檢核表

透過聽、說、讀、寫四大要項檢核，幫助確認活用日語程度。

如何掃描 QR Code 下載音檔

1. 以手機內建的相機或是掃描 QR Code 的 App 掃描封面的 QR Code。
2. 點選「雲端硬碟」的連結之後，進入音檔清單畫面，接著點選畫面右上角的「三個點」。
3. 點選「新增至「已加星號」專區」一欄，星星即會變成黃色或黑色，代表加入成功。
4. 開啟電腦，打開您的「雲端硬碟」網頁，點選左側欄位的「已加星號」。
5. 選擇該音檔資料夾，點滑鼠右鍵，選擇「下載」，即可將音檔存入電腦。

目　次

第一單元

言語知識（文字・語彙）

文字・語彙準備要領

新日檢N4「言語知識」的「文字・語彙」部分共有五大題，第一大題考漢字的讀音；第二大題考漢字的寫法；第三大題為克漏字，測驗考生能否填入正確的單字，完成題目句；第四大題考近義詞；第五大題考單字字義。

簡單來說，測驗可分為二個方向，「文字」測驗的是漢字的讀寫、「語彙」測驗的是單字的意義。本單元正是依出題方向，將必考漢字及語彙整理成表，讀者只要將本書裡的單字記熟、並配合練習題確認熟練度，「文字・語彙」一科絕對能高分。

此外，本書所附之音檔，錄有所有的相關單字，建議讀者眼睛看著單字、耳朵聽著發音，更有加深記憶的效果。也可在上網或是工作之餘反覆聆聽。不僅可以輕鬆記熟單字，對於聽力也有很大的幫助。

必考單字整理

壹　文字

一　漢字總整理

（一）N4漢字範圍

N4範圍的漢字不到三百個，請先全部記起來。為何要先記這二百多個字呢？第一、漢字發音題只會考這些字；第二、漢字寫法題也只是考這些字；第三、考題中，除了這二百多個字以外，幾乎不會出現其他漢字了。所以在準備考試的過程中，除了這二百多個字以外的漢字，都應該只是輔助，千萬不要只靠漢字記字義，而應該是背發音、記字義，漢字當作沒看到。

一	九	七	十	人	二	入	八	力	下	口	工
三	山	子	女	小	上	千	川	大	土	万	夕
引	円	火	牛	区	月	犬	元	五	午	今	止
手	少	心	水	切	太	中	天	日	不	父	分
文	方	木	友	六	以	右	外	去	兄	古	広
左	仕	四	市	写	主	出	世	正	生	代	台
田	冬	白	半	母	北	本	民	目	用	立	安
会	回	気	休	光	好	考	行	合	死	字	自
色	西	先	早	多	地	池	同	肉	年	百	毎
名	有	医	何	花	究	近	見	言	作	私	社

車	住	図	声	赤	走	足	村	体	男	町	低
弟	売	別	来	雨	英	画	学	京	金	空	国
使	始	姉	事	者	所	青	知	注	長	店	東
服	物	歩	妹	味	明	門	夜	林	映	屋	音
海	界	急	計	建	研	県	後	思	持	室	首
秋	重	春	乗	食	洗	前	送	待	茶	昼	度
南	発	品	風	便	洋	員	院	夏	家	起	帰
校	高	紙	時	借	弱	書	真	通	特	病	勉
旅	料	悪	魚	強	教	黒	菜	産	終	習	週
進	族	鳥	転	都	動	堂	問	野	理	飲	運
開	寒	間	軽	集	暑	場	森	貸	短	着	朝
答	道	買	飯	暗	意	遠	楽	漢	業	試	新
電	働	話	駅	歌	銀	語	説	読	聞	質	館
親	頭	薬	顔	験	題	曜					

（二）漢字一字 MP3-01

ア行	
あ	間（あいだ）　味（あじ）　赤（あか）ちゃん　遊（あそ）び
い	石（いし）　糸（いと）
う	嘘（うそ）　腕（うで）　裏（うら）
え	枝（えだ）
お	億（おく）　夫（おっと）　音（おと）　表（おもて）　踊（おど）り　お祝（いわ）い　お子（こ）さん　お札（さつ） お嬢（じょう）さん　お宅（たく）　お釣（つ）り　お祭（まつ）り　終（お）わり

カ行		
	か	鏡(かがみ)　形(かたち)　壁(かべ)　髪(かみ)　彼(かれ)　帰(かえ)り　必(かなら)ず
	き	気(き)　絹(きぬ)　君(きみ)　客(きゃく)
	く	区(く)　草(くさ)　首(くび)　雲(くも)
	け	毛(け)　県(けん)　消(け)しゴム　決(けっ)して
	こ	子(こ)　事(こと)　米(こめ)　心(こころ)　答(こた)え

サ行		
	さ	坂(さか)
	し	市(し)　字(じ)　島(しま)　暫(しばら)く
	す	砂(すな)　隅(すみ)
	せ	席(せき)　線(せん)

タ行		
	た	畳(たたみ)　棚(たな)　例(たと)えば　楽(たの)しみ
	ち	血(ち)　力(ちから)
	つ	月(つき)　妻(つま)　爪(つめ)
	て	寺(てら)　点(てん)
	と	都(と)　遠(とお)く　通(とお)り

ナ行		
	に	匂(にお)い
	ね	熱(ねつ)
	の	喉(のど)

ハ行	は	葉（は） 林（はやし）
	ひ	火（ひ） 日（ひ） 光（ひかり） 髭（ひげ） 久（ひさ）しぶり
	ふ	船（ふね）
	へ	別（べつ） 変（へん）
	ほ	星（ほし） 僕（ぼく）

マ行	み	皆（みな） 港（みなと）
	む	昔（むかし） 虫（むし） 娘（むすめ）

ヤ行	ゆ	湯（ゆ） 指（ゆび） 夢（ゆめ）
	よ	用（よう）

ワ行	わ	訳（わけ）

二　漢詞總整理 MP3-02

ア行	あ	あい　挨拶（あいさつ）　あん　安心（あんしん）　安全（あんぜん）　案内（あんない）
	い	い　以下（いか）　以外（いがい）　医学（いがく）　意見（いけん）　以上（いじょう）　以内（いない）　いち　一度（いちど） いっ　一杯（いっぱい）　一般（いっぱん）　一生懸命（いっしょうけんめい）
	う	うん　運転（うんてん）　運動（うんどう）　運転手（うんてんしゅ）
	え	えん　遠慮（えんりょ）
	お	おく　屋上（おくじょう）

カ行	か	か　科学（かがく）　火事（かじ）　課長（かちょう）　家内（かない） かい　海岸（かいがん）　会議（かいぎ）　会場（かいじょう）　会話（かいわ）　会議室（かいぎしつ）　かっ　格好（かっこう） かん　関係（かんけい）　簡単（かんたん）　看護婦（かんごふ）
	き	き　機会（きかい）　機械（きかい）　危険（きけん）　汽車（きしゃ）　季節（きせつ）　規則（きそく）　気分（きぶん）　ぎ　技術（ぎじゅつ） きゅう　急行（きゅうこう）　きょう　教育（きょういく）　教会（きょうかい）　競争（きょうそう）　興味（きょうみ） きん　近所（きんじょ）
	く	くう　空気（くうき）　空港（くうこう）
	け	け　怪我（けが）　景色（けしき）　げ　下宿（げしゅく）　けい　計画（けいかく）　経験（けいけん）　経済（けいざい）　警察（けいさつ） けん　研究（けんきゅう）　見物（けんぶつ）　研究室（けんきゅうしつ）　げん　原因（げんいん）
	こ	こ　故障（こしょう）　こう　郊外（こうがい）　講義（こうぎ）　工業（こうぎょう）　高校（こうこう）　工場（こうじょう）　校長（こうちょう） 交通（こうつう）　講堂（こうどう）　高校生（こうこうせい）　公務員（こうむいん） こく　国際（こくさい） こん　今度（こんど）　今夜（こんや）

行		
サ行	さ	さ　再来月（さらいげつ）　再来週（さらいしゅう）　さい　最近（さいきん）　最後（さいご）　最初（さいしょ）　さん　産業（さんぎょう）
	し	し　試験（しけん）　市民（しみん） じ　事故（じこ）　地震（じしん）　時代（じだい）　辞典（じてん）　自由（じゆう）　事務所（じむしょ） しつ　失礼（しつれい）　しっ　失敗（しっぱい）　しゃ　社会（しゃかい）　社長（しゃちょう）　じゃ　邪魔（じゃま） しゅ　主人（しゅじん）　趣味（しゅみ）　しゅう　習慣（しゅうかん）　しゅっ　出席（しゅっせき）　出発（しゅっぱつ） じゅう　住所（じゅうしょ）　十分（じゅうぶん）　柔道（じゅうどう）　じゅん　準備（じゅんび）　じょ　女性（じょせい） しょう　紹介（しょうかい）　正月（しょうがつ）　小説（しょうせつ）　招待（しょうたい）　承知（しょうち）　将来（しょうらい）　小学校（しょうがっこう） しょく　食事（しょくじ）　食料品（しょくりょうひん）　しん　心配（しんぱい）　新聞社（しんぶんしゃ） じん　人口（じんこう）　神社（じんじゃ）
	す	すい　水泳（すいえい）　水道（すいどう）　ずい　随分（ずいぶん）　すう　数学（すうがく）
	せ	せ　世界（せかい）　世話（せわ）　せい　生活（せいかつ）　生産（せいさん）　政治（せいじ）　西洋（せいよう） せつ　説明（せつめい） せん　戦争（せんそう）　先輩（せんぱい）　専門（せんもん）　ぜん　全然（ぜんぜん）
	そ	そ　祖父（そふ）　祖母（そぼ）　そう　相談（そうだん）　そつ　卒業（そつぎょう）

行		
タ行	た	たい　退院（たいいん）　大抵（たいてい）　台風（たいふう）　だい　大事（だいじ）　大体（だいたい）　大分（だいぶ） だん　男性（だんせい）　暖房（だんぼう）
	ち	ち　地理（ちり）　ちゅう　注意（ちゅうい）　中止（ちゅうし）　注射（ちゅうしゃ）　中学校（ちゅうがっこう）　駐車場（ちゅうしゃじょう）
	て	てい　丁寧（ていねい）　てき　適当（てきとう）　てん　店員（てんいん）　天気予報（てんきよほう）　展覧会（てんらんかい） でん　電灯（でんとう）
	と	と　途中（とちゅう）　とく　特別（とくべつ）　とっ　特急（とっきゅう）　どう　道具（どうぐ）　動物園（どうぶつえん）

ナ行	に	にっ　日記（にっき）　にゅう　入院（にゅういん）　入学（にゅうがく）　にん　人形（にんぎょう）
	ね	ねっ　熱心（ねっしん）

ハ行	は	はい　拝見（はいけん）　はつ　発音（はつおん）　はん　反対（はんたい）
	ひ	ひつ　必要（ひつよう）　び　美術館（びじゅつかん）
	ふ	ふ　普通（ふつう）　布団（ふとん）　不便（ふべん）　ぶ　部長（ぶちょう）　ふく　複雑（ふくざつ）　復習（ふくしゅう） ぶん　文化（ぶんか）　文学（ぶんがく）　文法（ぶんぽう）
	へ	へん　返事（へんじ）
	ほ	ほう　放送（ほうそう）　法律（ほうりつ）　ぼう　貿易（ぼうえき）

マ行	ま	まん　漫画（まんが）
	む	む　無理（むり）
	も	も　木綿（もめん）

ヤ行	や	や　約束（やくそく）
	ゆ	ゆ　輸出（ゆしゅつ）　輸入（ゆにゅう）
	よ	よ　予習（よしゅう）　予定（よてい）　予約（よやく）　よう　用意（ようい）　用事（ようじ）

ラ行	り	り　理由（りゆう）　利用（りよう）　りょ　旅館（りょかん）　りょう　両方（りょうほう）
	る	る　留守（るす）
	れ	れい　冷房（れいぼう）　れき　歴史（れきし）　れん　連絡（れんらく）

貳　語彙

一　訓讀名詞

（一）單音節名詞 MP3-03

日文發音	漢字表記	中文翻譯	日文發音	漢字表記	中文翻譯
き	気	感覺	く	区	區
け	毛	毛髮	こ	子	小孩
し	市	市	じ	字	字
ち	血	血	と	都	都
は	葉	葉子	ひ	日	日子
ひ	火	火	ゆ	湯	熱水

※「気」、「区」、「市」、「字」、「都」雖為音讀，但因有獨立字義，故列於此表和訓讀單字一起學習。

（二）雙音節名詞 MP3-04

	日文發音	漢字表記	中文翻譯	日文發音	漢字表記	中文翻譯
ア行	あじ	味	味道	あす	明日	明天
	いし	石	石頭	いと	糸	絲線
	うそ	嘘	謊言	うで	腕	手臂
	うら	裏	背面	えだ	枝	樹枝
	おく	億	億	おじ	叔父	叔叔
	おと	音	聲音	おば	叔母	阿姨

	日文發音	漢字表記	中文翻譯	日文發音	漢字表記	中文翻譯
カ行	かべ	壁	牆壁	かみ	髪	頭髮
	かれ	彼	他	きぬ	絹	絲綢
	きみ	君	你	きゃく	客	客人
	くさ	草	草	くび	首	脖子
	くも	雲	雲	けん	県	縣
	こと	事	事情	ごみ	—	垃圾
	こめ	米	米			

※「県（けん）」雖為音讀，但因有獨立字義，故列於此表和訓讀單字一起學習。

	日文發音	漢字表記	中文翻譯	日文發音	漢字表記	中文翻譯
サ行	さか	坂	坡道	しま	島	島嶼
	すな	砂	沙子	すみ	隅	角落
	せき	席	座位	せん	線	線

※「線（せん）」雖為音讀，但因有獨立字義，故列於此表和訓讀單字一起學習。

	日文發音	漢字表記	中文翻譯	日文發音	漢字表記	中文翻譯
タ行	たな	棚	棚架	つき	月	月亮
	つま	妻	妻子	つめ	爪	指甲
	てら	寺	寺廟	てん	点	分數

	日文發音	漢字表記	中文翻譯	日文發音	漢字表記	中文翻譯
ナ行	ねつ	熱	發燒	のど	喉	喉嚨

ハ行	日文發音	漢字表記	中文翻譯	日文發音	漢字表記	中文翻譯
	ばしょ	場所	場所	ひげ	髭	鬍子
	ふね	船	船	ぼく	僕	我（男子自稱）
	ほし	星	星星			

マ行	日文發音	漢字表記	中文翻譯	日文發音	漢字表記	中文翻譯
	みな	皆	大家	むし	虫	蟲
	もり	森	森林			

ヤ行	日文發音	漢字表記	中文翻譯	日文發音	漢字表記	中文翻譯
	ゆび	指	手指	ゆめ	夢	夢
	よう	用	事情			

※「用（よう）」雖為音讀，但因有獨立字義，故列於此表和訓讀單字一起學習。

ワ行	日文發音	漢字表記	中文翻譯
	わけ	訳	原因

（三）三音節名詞 MP3-05

	日文發音	漢字表記	中文翻譯	日文發音	漢字表記	中文翻譯
ア行	あいだ	間	之間	あそび	遊び	遊戲
	いなか	田舎	鄉下	うりば	売り場	販售處
	おさつ	お札	鈔票	おたく	お宅	府上
	おつり	お釣り	找零	おっと	夫	丈夫
	おどり	踊り	舞蹈	おもちゃ	玩具	玩具
	おもて	表	正面	おわり	終わり	結束

	日文發音	漢字表記	中文翻譯	日文發音	漢字表記	中文翻譯
カ行	かえり	帰り	回家	かがみ	鏡	鏡子
	かたち	形	形狀	かのじょ	彼女	她
	かれら	彼等	他們	きもち	気持ち	心情
	きもの	着物	和服	ぐあい	具合	狀況
	こころ	心	心	こたえ	答え	答案
	ことり	小鳥	小鳥			

	日文發音	漢字表記	中文翻譯	日文發音	漢字表記	中文翻譯
サ行	しあい	試合	比賽	しかた	仕方	方法
	したぎ	下着	內衣褲	したく	支度	準備
	せなか	背中	背			

タ行	日文發音	漢字表記	中文翻譯	日文發音	漢字表記	中文翻譯
	たたみ	畳	榻榻米	ちから	力	力量
	つごう	都合	狀況	てまえ	手前	前方
	てもと	手元	手邊	とおく	遠く	遠方
	とおり	通り	馬路	とこや	床屋	理髮店

ナ行	日文發音	漢字表記	中文翻譯	日文發音	漢字表記	中文翻譯
	におい	匂い	氣味	ねだん	値段	價格
	ねぼう	寝坊	睡過頭			

ハ行	日文發音	漢字表記	中文翻譯	日文發音	漢字表記	中文翻譯
	はいしゃ	歯医者	牙醫	ばあい	場合	場合
	はたち	二十歳	二十歲	はつか	二十日	二十日
	はなみ	花見	賞花（櫻）	はやし	林	樹林
	ひかり	光	光	ひるね	昼寝	午睡
	ひるま	昼間	白天			

マ行	日文發音	漢字表記	中文翻譯	日文發音	漢字表記	中文翻譯
	みなと	港	港口	むかし	昔	過去
	むすこ	息子	兒子	むすめ	娘	女兒

ヤ行	日文發音	漢字表記	中文翻譯	日文發音	漢字表記	中文翻譯
	やおや	八百屋	蔬果店	ゆびわ	指輪	戒指

ワ行	日文發音	漢字表記	中文翻譯
	わたし	私	我

（四）四音節名詞 MP3-06

日文發音	漢字表記	中文翻譯	日文發音	漢字表記	中文翻譯
あかちゃん	赤ちゃん	嬰兒	うけつけ	受付	櫃台
おいわい	お祝い	賀禮	おこさん	お子さん	小孩
おしいれ	押し入れ	壁櫥	おまつり	お祭り	祭典
おみまい	お見舞い	探病	おみやげ	お土産	禮物
かたかな	片仮名	片假名	しなもの	品物	商品
たのしみ	楽しみ	樂趣	てぶくろ	手袋	手套
どろぼう	泥棒	小偷	のりもの	乗り物	交通工具
ばんぐみ	番組	電視節目	ひきだし	引き出し	抽屜
ひらがな	平仮名	平假名	まんなか	真ん中	正中央
わりあい	割合	比例			

（五）五音節以上名詞 MP3-07

日文發音	漢字表記	中文翻譯
おかねもち	お金持ち	有錢人
おくりもの	贈り物	禮物
おじょうさん	お嬢さん	小姐、千金
ひるやすみ	昼休み	午休
わすれもの	忘れ物	失物

二 和語動詞

（一）第一類動詞（五段動詞）

1. ます形語尾「い」動詞 MP3-08

日文發音	漢字表記	中文翻譯	例句
あいます	合います	合	彼とよく話が合います。 和他很談得來。
いらっしゃいます	—	來、去、在 尊	山田先生は日本からいらっしゃいました。 山田老師來自日本。
うかがいます	伺います	拜訪、問 謙	私が先生にご意見を伺いました。 我問了老師的意見。
おこないます	行います	舉行	パーティーを行います。 舉行宴會。
おっしゃいます	—	說 尊	先生は私たちにご意見をおっしゃいました。 老師對我們說了意見。
おもいます	思います	想	これでいいと思います。 我覺得這樣就好。
かよいます	通います	往返	自転車で学校に通います。 騎自行車上下學。
てつだいます	手伝います	幫忙	掃除を手伝います。 幫忙打掃。

日文發音	漢字表記	中文翻譯	例句
なさいます	—	做 尊	部長（ぶちょう）はゴルフをなさいます。 部長打高爾夫。
はらいます	払います	付款	お金（かね）を払（はら）います。 付錢。
ひろいます	拾います	撿拾	ごみを拾（ひろ）います。 撿垃圾。
むかいます	向かいます	朝向	鏡（かがみ）に向（む）かっています。 對著鏡子。
もらいます	貰います	得到	お金（かね）を貰（もら）います。 得到錢。
わらいます	笑います	笑	彼女（かのじょ）は笑（わら）いました。 她笑了。

※ 尊 為尊敬語

謙 為謙讓語

◎ます形語尾「い」動詞基本變化

動詞	ます形	て形	辭書形	ない形	た形
合（あ）います	合（あ）い	合（あ）って	合（あ）う	合（あ）わない	合（あ）った
いらっしゃいます	いらっしゃい	いらっしゃって	いらっしゃる	いらっしゃらない	いらっしゃった
伺（うかが）います	伺（うかが）い	伺（うかが）って	伺（うかが）う	伺（うかが）わない	伺（うかが）った
行（おこな）います	行（おこな）い	行（おこな）って	行（おこな）う	行（おこな）わない	行（おこな）った
おっしゃいます	おっしゃい	おっしゃって	おっしゃる	おっしゃらない	おっしゃった
思（おも）います	思（おも）い	思（おも）って	思（おも）う	思（おも）わない	思（おも）った
通（かよ）います	通（かよ）い	通（かよ）って	通（かよ）う	通（かよ）わない	通（かよ）った
手伝（てつだ）います	手伝（てつだ）い	手伝（てつだ）って	手伝（てつだ）う	手伝（てつだ）わない	手伝（てつだ）った
なさいます	なさい	なさって	なさる	なさらない	なさった
払（はら）います	払（はら）い	払（はら）って	払（はら）う	払（はら）わない	払（はら）った
拾（ひろ）います	拾（ひろ）い	拾（ひろ）って	拾（ひろ）う	拾（ひろ）わない	拾（ひろ）った
向（む）かいます	向（む）かい	向（む）かって	向（む）かう	向（む）かわない	向（む）かった
もらいます	もらい	もらって	もらう	もらわない	もらった

動詞	ます形	て形	辭書形	ない形	た形
笑(わら)います	笑(わら)い	笑(わら)って	笑(わら)う	笑(わら)わない	笑(わら)った

※「いらっしゃいます・おっしゃいます・なさいます」這三個敬語動詞仍帶有古文語尾，辭書形是「いらっしゃる・おっしゃる・なさる」；ない形則是「いらっしゃらない・おっしゃらない・なさらない」。

2. ます形語尾「き」動詞 MP3-09

日文發音	漢字表記	中文翻譯	例句
あきます	空きます	空	部屋（へや）が空（あ）いています。 房間空著。
いそぎます	急ぎます	急忙	駅（えき）へ急（いそ）ぎます。 趕往車站。
いただきます	—	吃、獲得 謙	先生（せんせい）からおみやげをいただきました。 從老師那收到了禮物。
うごきます	動きます	動	動（うご）かないで、ここで待（ま）ちなさい。 不要動，在這裡等。
おどろきます	驚きます	驚訝	弟（おとうと）は驚（おどろ）きました。 弟弟嚇了一跳。
かわきます	乾きます	乾	服（ふく）が乾（かわ）きました。 衣服乾了。
さわぎます	騒ぎます	吵鬧	子（こ）どもが騒（さわ）いでいます。 小孩在吵。
すきます	—	空	おなかがすきました。 肚子餓了。
つきます	付きます	點著	電灯（でんとう）が付（つ）きました。 電燈亮了。
つづきます	続きます	持續	会議（かいぎ）は午後（ごご）まで続（つづ）きました。 會議持續到下午。
なきます	泣きます	哭	赤（あか）ちゃんが泣（な）きました。 嬰兒哭了。

日文發音	漢字表記	中文翻譯	例句
ひらきます	開きます	開	会議（かいぎ）を開（ひら）きます。 舉行會議。
やきます	焼きます	烤、煎	肉（にく）を焼（や）きます。 烤肉。
わきます	沸きます	沸騰	お湯（ゆ）が沸（わ）きました。 水開了。

◎ます形語尾「き」動詞基本變化

動詞	ます形	て形	辭書形	ない形	た形
空(あ)きます	空(あ)き	空(あ)いて	空(あ)く	空(あ)かない	空(あ)いた
急(いそ)ぎます	急(いそ)ぎ	急(いそ)いで	急(いそ)ぐ	急(いそ)がない	急(いそ)いだ
いただきます	いただき	いただいて	いただく	いただかない	いただいた
動(うご)きます	動(うご)き	動(うご)いて	動(うご)く	動(うご)かない	動(うご)いた
驚(おどろ)きます	驚(おどろ)き	驚(おどろ)いて	驚(おどろ)く	驚(おどろ)かない	驚(おどろ)いた
乾(かわ)きます	乾(かわ)き	乾(かわ)いて	乾(かわ)く	乾(かわ)かない	乾(かわ)いた
騒(さわ)ぎます	騒(さわ)ぎ	騒(さわ)いで	騒(さわ)ぐ	騒(さわ)がない	騒(さわ)いだ
すきます	すき	すいて	すく	すかない	すいた
付(つ)きます	付(つ)き	付(つ)いて	付(つ)く	付(つ)かない	付(つ)いた
続(つづ)きます	続(つづ)き	続(つづ)いて	続(つづ)く	続(つづ)かない	続(つづ)いた
泣(な)きます	泣(な)き	泣(な)いて	泣(な)く	泣(な)かない	泣(な)いた
開(ひら)きます	開(ひら)き	開(ひら)いて	開(ひら)く	開(ひら)かない	開(ひら)いた
焼(や)きます	焼(や)き	焼(や)いて	焼(や)く	焼(や)かない	焼(や)いた
沸(わ)きます	沸(わ)き	沸(わ)いて	沸(わ)く	沸(わ)かない	沸(わ)いた

3. ます形語尾「し」動詞 MP3-10

日文發音	漢字表記	中文翻譯	例句
いたします	致します	做 謙	さっそく先生(せんせい)に電話(でんわ)を致(いた)します。 立刻打電話給老師。
うつします	写します	抄寫	友(とも)だちのレポートを写(うつ)します。 抄朋友的報告。
おこします	起こします	叫醒	6時(ろくじ)に妹(いもうと)を起(お)こします。 六點叫妹妹起床。
おとします	落とします	弄掉	りんごを落(お)とします。 打落蘋果。
こわします	壊します	弄壞	おもちゃを壊(こわ)します。 弄壞玩具。
さがします	探します	找	財布(さいふ)を探(さが)します。 找錢包。
たします	足します	加	少(すこ)し砂糖(さとう)を足(た)します。 加點糖。
なおします	直します	修改	作文(さくぶん)を直(なお)します。 改作文。
なおします	治します	治療	病気(びょうき)を治(なお)します。 治病。
ひっこします	引っ越します	搬家	東京(とうきょう)に引(ひ)っ越(こ)します。 搬到東京。

日文發音	漢字表記	中文翻譯	例句
もうします	申します	說 謙	木村（きむら）と申（もう）します。 敝姓木村。
わかします	沸かします	煮沸	お湯（ゆ）を沸（わ）かします。 燒水。

◎ます形語尾「し」動詞基本變化

動詞	ます形	て形	辭書形	ない形	た形
致(いた)します	致(いた)し	致(いた)して	致(いた)す	致(いた)さない	致(いた)した
写(うつ)します	写(うつ)し	写(うつ)して	写(うつ)す	写(うつ)さない	写(うつ)した
起(お)こします	起(お)こし	起(お)こして	起(お)こす	起(お)こさない	起(お)こした
落(お)とします	落(お)とし	落(お)として	落(お)とす	落(お)とさない	落(お)とした
壊(こわ)します	壊(こわ)し	壊(こわ)して	壊(こわ)す	壊(こわ)さない	壊(こわ)した
探(さが)します	探(さが)し	探(さが)して	探(さが)す	探(さが)さない	探(さが)した
足(た)します	足(た)し	足(た)して	足(た)す	足(た)さない	足(た)した
直(なお)します	直(なお)し	直(なお)して	直(なお)す	直(なお)さない	直(なお)した
治(なお)します	治(なお)し	治(なお)して	治(なお)す	治(なお)さない	治(なお)した
引(ひ)っ越(こ)します	引(ひ)っ越(こ)し	引(ひ)っ越(こ)して	引(ひ)っ越(こ)す	引(ひ)っ越(こ)さない	引(ひ)っ越(こ)した
申(もう)します	申(もう)し	申(もう)して	申(もう)す	申(もう)さない	申(もう)した
沸(わ)かします	沸(わ)かし	沸(わ)かして	沸(わ)かす	沸(わ)かさない	沸(わ)かした

4. ます形語尾「ち」動詞 MP3-11

日文發音	漢字表記	中文翻譯	例句
うちます	打ちます	打	タイプを打(う)ちます。 打字。
かちます	勝ちます	勝、贏	相手(あいて)に勝(か)ちます。 贏對手。
やくに たちます	役に 立ちます	有幫助	健康(けんこう)に役(やく)に立(た)ちます。 對健康有幫助。

◎ます形語尾「ち」動詞基本變化

動詞	ます形	て形	辭書形	ない形	た形
打(う)ちます	打(う)ち	打(う)って	打(う)つ	打(う)たない	打(う)った
勝(か)ちます	勝(か)ち	勝(か)って	勝(か)つ	勝(か)たない	勝(か)った
役(やく)に立(た)ちます	役(やく)に立(た)ち	役(やく)に立(た)って	役(やく)に立(た)つ	役(やく)に立(た)たない	役(やく)に立(た)った

5. ます形語尾「び」動詞 MP3-12

日文發音	漢字表記	中文翻譯	例句
えらびます	選びます	選	贈(おく)り物(もの)を選(えら)びます。 選禮物。
はこびます	運びます	搬	荷物(にもつ)を運(はこ)びます。 搬行李。
よろこびます	喜びます	開心	祖父(そふ)が喜(よろこ)んでいます。 祖父很開心。

◎ます形語尾「び」動詞基本變化

動詞	ます形	て形	辭書形	ない形	た形
選(えら)びます	選(えら)び	選(えら)んで	選(えら)ぶ	選(えら)ばない	選(えら)んだ
運(はこ)びます	運(はこ)び	運(はこ)んで	運(はこ)ぶ	運(はこ)ばない	運(はこ)んだ
喜(よろこ)びます	喜(よろこ)び	喜(よろこ)んで	喜(よろこ)ぶ	喜(よろこ)ばない	喜(よろこ)んだ

6. ます形語尾「に」動詞 MP3-13

日文發音	漢字表記	中文翻譯	例句
しにます	死にます	死	犬（いぬ）は病気（びょうき）で死にました。 狗生病死了。

◎ます形語尾「に」動詞基本變化

動詞	ます形	て形	辭書形	ない形	た形
死（し）にます	死（し）に	死（し）んで	死（し）ぬ	死（し）なない	死（し）んだ

7. ます形語尾「み」動詞 MP3-14

日文發音	漢字表記	中文翻譯	例句
かみます	噛みます	咬	ご飯(はん)をよく噛(か)んで食(た)べます。 吃飯要細嚼慢嚥。
すすみます	進みます	前進	娘(むすめ)が大学(だいがく)に進(すす)みました。 女兒上了大學。
すみます	済みます	結束	宿題(しゅくだい)がまだ済(す)みません。 作業還沒做完。
たのしみます	楽しみます	享受	2人(ふたり)は映画(えいが)を楽(たの)しみました。 兩個人享受了電影。
つつみます	包みます	包	本(ほん)を包装紙(ほうそうし)で包(つつ)みます。 用包裝紙包裝書。
ぬすみます	盗みます	偷	お金(かね)を盗(ぬす)みます。 偷錢。
ふみます	踏みます	踩、踏	友(とも)だちの足(あし)を踏(ふ)みました。 踩到朋友的腳。
やみます	止みます	停	雨(あめ)が止(や)みました。 雨停了。

◎ます形語尾「み」動詞基本變化

動詞	ます形	て形	辭書形	ない形	た形
噛（か）みます	噛（か）み	噛（か）んで	噛（か）む	噛（か）まない	噛（か）んだ
進（すす）みます	進（すす）み	進（すす）んで	進（すす）む	進（すす）まない	進（すす）んだ
済（す）みます	済（す）み	済（す）んで	済（す）む	済（す）まない	済（す）んだ
楽（たの）しみます	楽（たの）しみ	楽（たの）しんで	楽（たの）しむ	楽（たの）しまない	楽（たの）しんだ
包（つつ）みます	包（つつ）み	包（つつ）んで	包（つつ）む	包（つつ）まない	包（つつ）んだ
盗（ぬす）みます	盗（ぬす）み	盗（ぬす）んで	盗（ぬす）む	盗（ぬす）まない	盗（ぬす）んだ
踏（ふ）みます	踏（ふ）み	踏（ふ）んで	踏（ふ）む	踏（ふ）まない	踏（ふ）んだ
止（や）みます	止（や）み	止（や）んで	止（や）む	止（や）まない	止（や）んだ

8. ます形語尾「り」動詞 MP3-15

8.1 ます形語尾「り」動詞（1）

日文發音	漢字表記	中文翻譯	例句
あがります	上がります	登上	3階(さんがい)に上(あ)がります。 上三樓。
あつまります	集まります	聚集	学生(がくせい)が集(あつ)まりました。 學生到齊了。
あやまります	謝ります	道歉	先生(せんせい)に謝(あやま)ります。 跟老師道歉。
いのります	祈ります	祈求	成功(せいこう)を祈(いの)ります。 祈求成功。
うつります	映ります	映照	富士山(ふじさん)が湖(みずうみ)に映(うつ)っています。 富士山映照在湖面。
うつります	移ります	遷移	郊外(こうがい)に移(うつ)ります。 搬到郊區。
おくります	送ります	寄、送	友(とも)だちを駅(えき)まで送(おく)ります。 送朋友到車站。
おこります	怒ります	生氣	彼(かれ)は怒(おこ)っています。 他在生氣。
おどります	踊ります	跳舞	バレエを踊(おど)ります。 跳芭蕾。
おります	—	在 謙	あしたはうちにおります。 明天我在家。

日文發音	漢字表記	中文翻譯	例句
おります	折ります	折	枝（えだ）を折（お）りました。 折斷了樹枝。
かざります	飾ります	裝飾	花（はな）でテーブルを飾（かざ）ります。 用花裝飾桌子。
かわります	変わります	變化	住所（じゅうしょ）が変（か）わりました。 住址變了。
がんばります	頑張ります	努力	頑張（がんば）ってください。 請加油！

◎ます形語尾「り」動詞基本變化（1）

動詞	ます形	て形	辭書形	ない形	た形
上(あ)がります	上(あ)がり	上(あ)がって	上(あ)がる	上(あ)がらない	上(あ)がった
集(あつ)まります	集(あつ)まり	集(あつ)まって	集(あつ)まる	集(あつ)まらない	集(あつ)まった
謝(あやま)ります	謝(あやま)り	謝(あやま)って	謝(あやま)る	謝(あやま)らない	謝(あやま)った
祈(いの)ります	祈(いの)り	祈(いの)って	祈(いの)る	祈(いの)らない	祈(いの)った
映(うつ)ります	映(うつ)り	映(うつ)って	映(うつ)る	映(うつ)らない	映(うつ)った
移(うつ)ります	移(うつ)り	移(うつ)って	移(うつ)る	移(うつ)らない	移(うつ)った
送(おく)ります	送(おく)り	送(おく)って	送(おく)る	送(おく)らない	送(おく)った
怒(おこ)ります	怒(おこ)り	怒(おこ)って	怒(おこ)る	怒(おこ)らない	怒(おこ)った
踊(おど)ります	踊(おど)り	踊(おど)って	踊(おど)る	踊(おど)らない	踊(おど)った
おります	おり	おって	おる	おらない	おった
折(お)ります	折(お)り	折(お)って	折(お)る	折(お)らない	折(お)った
飾(かざ)ります	飾(かざ)り	飾(かざ)って	飾(かざ)る	飾(かざ)らない	飾(かざ)った
変(か)わります	変(か)わり	変(か)わって	変(か)わる	変(か)わらない	変(か)わった
頑張(がんば)ります	頑張(がんば)り	頑張(がんば)って	頑張(がんば)る	頑張(がんば)らない	頑張(がんば)った

8.2 ます形語尾「り」動詞（2） MP3-16

日文發音	漢字表記	中文翻譯	例句
きまります	決まります	確定	結婚(けっこん)が決(き)まりました。 婚事已定。
さがります	下がります	下降	温度(おんど)が下(さ)がりました。 溫度下降了。
さわります	触ります	摸	手(て)で触(さわ)ってみます。 用手摸摸看。
しかります	叱ります	罵	子(こ)どもを叱(しか)ります。 罵小孩。
すべります	滑ります	滑	雨(あめ)で自転車(じてんしゃ)が滑(すべ)りました。 下雨，自行車打滑了。
つくります	作ります	製作	木(き)で机(つくえ)を作(つく)ります。 用木頭製作桌子。
つもります	積もります	積	雪(ゆき)が積(つ)もりました。 積雪了。
つります	釣ります	釣	魚(さかな)を釣(つ)ります。 釣魚。
とおります	通ります	通過	橋(はし)を通(とお)ります。 過橋。
とまります	泊まります	過夜	友(とも)だちの家(いえ)に泊(と)まりました。 在朋友家過夜了。
なおります	治ります	治癒	病気(びょうき)が治(なお)りました。 病好了。

日文發音	漢字表記	中文翻譯	例句
なおります	直ります	修好	時計（とけい）が直（なお）りました。 時鐘修好了。
なくなります	亡くなります	過世	祖母（そぼ）が亡（な）くなりました。 祖母過世了。
なくなります	無くなります	不見	お金（かね）が無（な）くなりました。 錢不見了。

◎ます形語尾「り」動詞基本變化（2）

動詞	ます形	て形	辭書形	ない形	た形
決(き)まります	決(き)まり	決(き)まって	決(き)まる	決(き)まらない	決(き)まった
下(さ)がります	下(さ)がり	下(さ)がって	下(さ)がる	下(さ)がらない	下(さ)がった
触(さわ)ります	触(さわ)り	触(さわ)って	触(さわ)る	触(さわ)らない	触(さわ)った
叱(しか)ります	叱(しか)り	叱(しか)って	叱(しか)る	叱(しか)らない	叱(しか)った
滑(すべ)ります	滑(すべ)り	滑(すべ)って	滑(すべ)る	滑(すべ)らない	滑(すべ)った
作(つく)ります	作(つく)り	作(つく)って	作(つく)る	作(つく)らない	作(つく)った
積(つ)もります	積(つ)もり	積(つ)もって	積(つ)もる	積(つ)もらない	積(つ)もった
釣(つ)ります	釣(つ)り	釣(つ)って	釣(つ)る	釣(つ)らない	釣(つ)った
通(とお)ります	通(とお)り	通(とお)って	通(とお)る	通(とお)らない	通(とお)った
泊(と)まります	泊(と)まり	泊(と)まって	泊(と)まる	泊(と)まらない	泊(と)まった
治(なお)ります	治(なお)り	治(なお)って	治(なお)る	治(なお)らない	治(なお)った
直(なお)ります	直(なお)り	直(なお)って	直(なお)る	直(なお)らない	直(なお)った
亡(な)くなります	亡(な)くなり	亡(な)くなって	亡(な)くなる	亡(な)くならない	亡(な)くなった
無(な)くなります	無(な)くなり	無(な)くなって	無(な)くなる	無(な)くならない	無(な)くなった

8.3 ます形語尾「り」動詞（3）MP3-17

日文發音	漢字表記	中文翻譯	例句
なります	鳴ります	響	ベルが鳴（な）りました。 鐘聲響了。
ぬります	塗ります	塗	パンにジャムを塗（ぬ）ります。 把果醬塗在麵包上。
ねむります	眠ります	睡	子（こ）どもはもう眠（ねむ）りました。 小孩已經睡著了。
のこります	残ります	剩下	弁当（べんとう）が三（みっ）つ残（のこ）っています。 剩下三個便當。
ひかります	光ります	發光	星（ほし）がきらきらと光（ひか）っています。 星星閃閃發光。
ふとります	太ります	變胖	食（た）べ過（す）ぎて、太（ふと）りました。 吃太多，胖了。
まがります	曲がります	彎曲	木（き）の枝（えだ）が曲（ま）がっています。 樹枝彎了。
まわります	回ります	繞、轉	地球（ちきゅう）が太陽（たいよう）を回（まわ）っています。 地球繞著太陽轉。

日文發音	漢字表記	中文翻譯	例句
みつかります	見つかります	找到	財布（さいふ）が見（み）つかりました。 錢包找到了。
めしあがります	召し上がります	吃 尊	ご飯（はん）を召（め）し上（あ）がりますか。 您要吃飯嗎？
もどります	戻ります	返回	会社（かいしゃ）に戻（もど）ります。 回公司。
やります	–	做	野球（やきゅう）をやります。 打棒球。
よります	寄ります	靠近	もっと右側（みぎがわ）に寄（よ）りなさい。 再靠右邊一點。

◎ます形語尾「り」動詞基本變化（3）

動詞	ます形	て形	辭書形	ない形	た形
鳴(な)ります	鳴(な)り	鳴(な)って	鳴(な)る	鳴(な)らない	鳴(な)った
塗(ぬ)ります	塗(ぬ)り	塗(ぬ)って	塗(ぬ)る	塗(ぬ)らない	塗(ぬ)った
眠(ねむ)ります	眠(ねむ)り	眠(ねむ)って	眠(ねむ)る	眠(ねむ)らない	眠(ねむ)った
残(のこ)ります	残(のこ)り	残(のこ)って	残(のこ)る	残(のこ)らない	残(のこ)った
光(ひか)ります	光(ひか)り	光(ひか)って	光(ひか)る	光(ひか)らない	光(ひか)った
太(ふと)ります	太(ふと)り	太(ふと)って	太(ふと)る	太(ふと)らない	太(ふと)った
曲(ま)がります	曲(ま)がり	曲(ま)がって	曲(ま)がる	曲(ま)がらない	曲(ま)がった
回(まわ)ります	回(まわ)り	回(まわ)って	回(まわ)る	回(まわ)らない	回(まわ)った
見(み)つかります	見(み)つかり	見(み)つかって	見(み)つかる	見(み)つからない	見(み)つかった
召(め)し上(あ)がります	召(め)し上(あ)がり	召(め)し上(あ)がって	召(め)し上(あ)がる	召(め)し上(あ)がらない	召(め)し上(あ)がった
戻(もど)ります	戻(もど)り	戻(もど)って	戻(もど)る	戻(もど)らない	戻(もど)った
やります	やり	やって	やる	やらない	やった
寄(よ)ります	寄(よ)り	寄(よ)って	寄(よ)る	寄(よ)らない	寄(よ)った

（二）第二類動詞（一段動詞）

1. ます形語尾「i 段音」動詞 MP3-18

日文發音	漢字表記	中文翻譯	例句
いきます	生きます	活著	あの人（ひと）はまだ生（い）きています。 那個人還活著。
おちます	落ちます	掉落	りんごが落（お）ちました。 蘋果掉了下來。
おります	降ります	下（車）	電車（でんしゃ）を降（お）ります。 下電車。
すぎます	過ぎます	超過	予定（よてい）の時間（じかん）が過（す）ぎました。 過了預定的時間。
たります	足ります	足夠	お金（かね）が足（た）りません。 錢不夠。
できます	出来ます	能夠、完成	英語（えいご）が出来（でき）ます。 會英文。
にます	似ます	相似	この2人（ふたり）の学生（がくせい）はよく似（に）ています。 這兩個學生長得很像。

◎ます形語尾 i 段音動詞基本變化

動詞	ます形	て形	辭書形	ない形	た形
生(い)きます	生(い)き	生(い)きて	生(い)きる	生(い)きない	生(い)きた
落(お)ちます	落(お)ち	落(お)ちて	落(お)ちる	落(お)ちない	落(お)ちた
降(お)ります	降(お)り	降(お)りて	降(お)りる	降(お)りない	降(お)りた
過(す)ぎます	過(す)ぎ	過(す)ぎて	過(す)ぎる	過(す)ぎない	過(す)ぎた
足(た)ります	足(た)り	足(た)りて	足(た)りる	足(た)りない	足(た)りた
出来(でき)ます	出来(でき)	出来(でき)て	出来(でき)る	出来(でき)ない	出来(でき)た
似(に)ます	似(に)	似(に)て	似(に)る	似(に)ない	似(に)た

2. ます形語尾「e 段音」動詞 MP3-19

2.1 ます形語尾「え」動詞

日文發音	漢字表記	中文翻譯	例句
うえます	植えます	種植	花（はな）を植（う）えます。 種花。
かえます	変えます	改變	考（かんが）えを変（か）えます。 改變想法。
かんがえます	考えます	思考	将来（しょうらい）を考（かんが）えます。 思考未來。
きこえます	聞こえます	聽得見	電車（でんしゃ）の音（おと）が聞（き）こえます。 聽得見電車聲。
つかまえます	捕まえます	捉住	泥棒（どろぼう）を捕（つか）まえます。 捉小偷。
つたえます	伝えます	傳達	電話（でんわ）で用件（ようけん）を伝（つた）えます。 用電話通知事情。
とりかえます	取り替えます	交換	友（とも）だちと腕時計（うでどけい）を取（と）り替（か）えます。 和朋友交換手錶。
のりかえます	乗り換えます	轉乘	バスに乗（の）り換（か）えます。 轉搭公車。
ひえます	冷えます	冷	足（あし）が冷（ひ）えて、眠（ねむ）れません。 腳很冰，睡不著。
ふえます	増えます	增加	体重（たいじゅう）が増（ふ）えました。 體重增加了。

日文發音	漢字表記	中文翻譯	例句
まちがえます	間違えます	弄錯	漢字(かんじ)を間違(まちが)えます。 弄錯漢字。
みえます	見えます	看得見	海(うみ)が見(み)えます。 看得見海。
むかえます	迎えます	迎接	新(あたら)しい年(とし)を迎(むか)えます。 迎接新的一年。

◎ます形語尾「え」動詞基本變化

動詞	ます形	て形	辭書形	ない形	た形
植(う)えます	植(う)え	植(う)えて	植(う)える	植(う)えない	植(う)えた
変(か)えます	変(か)え	変(か)えて	変(か)える	変(か)えない	変(か)えた
考(かんが)えます	考(かんが)え	考(かんが)えて	考(かんが)える	考(かんが)えない	考(かんが)えた
聞(き)こえます	聞(き)こえ	聞(き)こえて	聞(き)こえる	聞(き)こえない	聞(き)こえた
捕(つか)まえます	捕(つか)まえ	捕(つか)まえて	捕(つか)まえる	捕(つか)まえない	捕(つか)まえた
伝(つた)えます	伝(つた)え	伝(つた)えて	伝(つた)える	伝(つた)えない	伝(つた)えた
取(と)り替(か)えます	取(と)り替(か)え	取(と)り替(か)えて	取(と)り替(か)える	取(と)り替(か)えない	取(と)り替(か)えた
乗(の)り換(か)えます	乗(の)り換(か)え	乗(の)り換(か)えて	乗(の)り換(か)える	乗(の)り換(か)えない	乗(の)り換(か)えた
冷(ひ)えます	冷(ひ)え	冷(ひ)えて	冷(ひ)える	冷(ひ)えない	冷(ひ)えた
増(ふ)えます	増(ふ)え	増(ふ)えて	増(ふ)える	増(ふ)えない	増(ふ)えた
間違(まちが)えます	間違(まちが)え	間違(まちが)えて	間違(まちが)える	間違(まちが)えない	間違(まちが)えた
見(み)えます	見(み)え	見(み)えて	見(み)える	見(み)えない	見(み)えた
迎(むか)えます	迎(むか)え	迎(むか)えて	迎(むか)える	迎(むか)えない	迎(むか)えた

2.2 ます形語尾「け」動詞 MP3-20

日文發音	漢字表記	中文翻譯	例句
あげます	上げます	舉起	手(て)を上(あ)げます。 舉手。
うけます	受けます	接受	試験(しけん)を受(う)けます。 參加考試。
かけます	掛けます	掛	壁(かべ)に掛(か)けます。 掛在牆上。
かたづけます	片付けます	整理	部屋(へや)を片付(かたづ)けます。 整理房間。
さしあげます	差し上げます	給 尊	先生(せんせい)にお歳暮(せいぼ)を差(さ)し上(あ)げます。 送老師年終賀禮。
つけます	—	開（燈）	電気(でんき)をつけます。 開燈。
つけます	漬けます	泡	洗濯物(せんたくもの)を水(みず)に漬(つ)けます。 把衣服泡在水裡。
つづけます	続けます	繼續	話(はなし)を続(つづ)けます。 繼續說。
とどけます	届けます	送達	手紙(てがみ)を届(とど)けます。 送信。
なげます	投げます	丟、扔	ボールを投(な)げます。 丟球。
にげます	逃げます	逃	犯人(はんにん)が逃(に)げました。 犯人逃走了。

日文發音	漢字表記	中文翻譯	例句
まけます	負けます	輸、敗	誰(だれ)にも負(ま)けません。 不輸給任何人。
みつけます	見つけます	找到	財布(さいふ)を見(み)つけました。 找到錢包了。
やけます	焼けます	烤好	肉(にく)が焼(や)けました。 肉烤好了。

◎ます形語尾「け」動詞基本變化

動詞	ます形	て形	辭書形	ない形	た形
上(あ)げます	上(あ)げ	上(あ)げて	上(あ)げる	上(あ)げない	上(あ)げた
受(う)けます	受(う)け	受(う)けて	受(う)ける	受(う)けない	受(う)けた
掛(か)けます	掛(か)け	掛(か)けて	掛(か)ける	掛(か)けない	掛(か)けた
片付(かたづ)けます	片付(かたづ)け	片付(かたづ)けて	片付(かたづ)ける	片付(かたづ)けない	片付(かたづ)けた
差(さ)し上(あ)げます	差(さ)し上(あ)げ	差(さ)し上(あ)げて	差(さ)し上(あ)げる	差(さ)し上(あ)げない	差(さ)し上(あ)げた
つけます	つけ	つけて	つける	つけない	つけた
漬(つ)けます	漬(つ)け	漬(つ)けて	漬(つ)ける	漬(つ)けない	漬(つ)けた
続(つづ)けます	続(つづ)け	続(つづ)けて	続(つづ)ける	続(つづ)けない	続(つづ)けた
届(とど)けます	届(とど)け	届(とど)けて	届(とど)ける	届(とど)けない	届(とど)けた
投(な)げます	投(な)げ	投(な)げて	投(な)げる	投(な)げない	投(な)げた
逃(に)げます	逃(に)げ	逃(に)げて	逃(に)げる	逃(に)げない	逃(に)げた
負(ま)けます	負(ま)け	負(ま)けて	負(ま)ける	負(ま)けない	負(ま)けた
見(み)つけます	見(み)つけ	見(み)つけて	見(み)つける	見(み)つけない	見(み)つけた
焼(や)けます	焼(や)け	焼(や)けて	焼(や)ける	焼(や)けない	焼(や)けた

2.3 ます形語尾「せ」動詞 MP3-21

日文發音	漢字表記	中文翻譯	例句
しらせます	知らせます	通知	電話（でんわ）で知（し）らせます。 用電話通知。
やせます	痩せます	變瘦	彼女（かのじょ）は痩（や）せました。 她瘦了。

◎ます形語尾「せ」動詞基本變化

動詞	ます形	て形	辭書形	ない形	た形
知（し）らせます	知（し）らせ	知（し）らせて	知（し）らせる	知（し）らせない	知（し）らせた
痩（や）せます	痩（や）せ	痩（や）せて	痩（や）せる	痩（や）せない	痩（や）せた

2.4 ます形語尾「て」動詞 MP3-22

日文發音	漢字表記	中文翻譯	例句
すてます	捨てます	丟棄	ごみを捨(す)てます。 丟垃圾。
そだてます	育てます	養育	子(こ)どもを育(そだ)てます。 養小孩。
たてます	立てます	豎立	旗(はた)を立(た)てます。 豎旗子。
たてます	建てます	蓋	ビルを建(た)てます。 蓋大樓。

◎ます形語尾「て」動詞基本變化

動詞	ます形	て形	辭書形	ない形	た形
捨(す)てます	捨(す)て	捨(す)てて	捨(す)てる	捨(す)てない	捨(す)てた
育(そだ)てます	育(そだ)て	育(そだ)てて	育(そだ)てる	育(そだ)てない	育(そだ)てた
立(た)てます	立(た)て	立(た)てて	立(た)てる	立(た)てない	立(た)てた
建(た)てます	建(た)て	建(た)てて	建(た)てる	建(た)てない	建(た)てた

2.5 ます形語尾「ね」動詞 MP3-23

日文發音	漢字表記	中文翻譯	例句
たずねます	尋ねます	尋問	道（みち）を尋（たず）ねます。 問路。
たずねます	訪ねます	拜訪	友（とも）だちを訪（たず）ねます。 拜訪朋友。

◎ます形語尾「ね」動詞基本變化

動詞	ます形	て形	辭書形	ない形	た形
尋（たず）ねます	尋（たず）ね	尋（たず）ねて	尋（たず）ねる	尋（たず）ねない	尋（たず）ねた
訪（たず）ねます	訪（たず）ね	訪（たず）ねて	訪（たず）ねる	訪（たず）ねない	訪（たず）ねた

2.6 ます形語尾「べ」動詞 ◎MP3-24

日文發音	漢字表記	中文翻譯	例句
くらべます	比べます	比較	夏(なつ)と冬(ふゆ)を比(くら)べます。 比較夏天和冬天。
しらべます	調べます	查	辞書(じしょ)で意味(いみ)を調(しら)べます。 用字典查意思。

◎ます形語尾「べ」動詞基本變化

動詞	ます形	て形	辭書形	ない形	た形
比(くら)べます	比(くら)べ	比(くら)べて	比(くら)べる	比(くら)べない	比(くら)べた
調(しら)べます	調(しら)べ	調(しら)べて	調(しら)べる	調(しら)べない	調(しら)べた

2.7 ます形語尾「め」動詞 MP3-25

日文發音	漢字表記	中文翻譯	例句
あつめます	集めます	蒐集	切手（きって）を集（あつ）めます。 集郵。
いじめます	—	欺負	動物（どうぶつ）をいじめます。 虐待動物。
きめます	決めます	決定	結婚相手（けっこんあいて）を決（き）めました。 決定了結婚的對象。
とめます	止めます	停止	車（くるま）を止（と）めます。 停車。
はじめます	始めます	開始	日本語（にほんご）の勉強（べんきょう）を始（はじ）めます。 開始學日文。
ほめます	誉めます	稱讚	学生（がくせい）を誉（ほ）めます。 稱讚學生。
やめます	辞めます	不做	仕事（しごと）を辞（や）めます。 辭職。

◎ます形語尾「め」動詞基本變化

動詞	ます形	て形	辭書形	ない形	た形
集（あつ）めます	集（あつ）め	集（あつ）めて	集（あつ）める	集（あつ）めない	集（あつ）めた
いじめます	いじめ	いじめて	いじめる	いじめない	いじめた
決（き）めます	決（き）め	決（き）めて	決（き）める	決（き）めない	決（き）めた
止（と）めます	止（と）め	止（と）めて	止（と）める	止（と）めない	止（と）めた
始（はじ）めます	始（はじ）め	始（はじ）めて	始（はじ）める	始（はじ）めない	始（はじ）めた
誉（ほ）めます	誉（ほ）め	誉（ほ）めて	誉（ほ）める	誉（ほ）めない	誉（ほ）めた
辞（や）めます	辞（や）め	辞（や）めて	辞（や）める	辞（や）めない	辞（や）めた

2.8 ます形語尾「れ」動詞 MP3-26

日文發音	漢字表記	中文翻譯	例句
おくれます	遅れます	遲到	学校（がっこう）に遅（おく）れます。 上學遲到。
おれます	折れます	斷	木（き）の枝（えだ）が折（お）れました。 樹枝斷了。
くれます	暮れます	天黑	日（ひ）が暮（く）れました。 天黑了。
こわれます	壊れます	壞	橋（はし）が壊（こわ）れました。 橋壞了。
たおれます	倒れます	倒	木（き）が倒（たお）れました。 樹倒了。
つれます	連れます	帶	犬（いぬ）を連（つ）れて散歩（さんぽ）に出（で）かけます。 帶狗散步。
なれます	慣れます	習慣	早起（はやお）きに慣（な）れます。 習慣早起。
ぬれます	濡れます	濕	髪（かみ）が濡（ぬ）れました。 頭髮濕了。
ゆれます	揺れます	搖晃	車（くるま）が揺（ゆ）れます。 車子搖晃。
よごれます	汚れます	髒	シャツが汚（よご）れました。 襯衫髒了。
わかれます	分かれます	分岔	道（みち）が二（ふた）つに分（わ）かれます。 路分為兩條。
われます	割れます	破裂	地震（じしん）で窓（まど）ガラスが割（わ）れました。 因為地震，玻璃窗破了。

◎ます形語尾「れ」動詞基本變化

動詞	ます形	て形	辭書形	ない形	た形
遅(おく)れます	遅(おく)れ	遅(おく)れて	遅(おく)れる	遅(おく)れない	遅(おく)れた
折(お)れます	折(お)れ	折(お)れて	折(お)れる	折(お)れない	折(お)れた
暮(く)れます	暮(く)れ	暮(く)れて	暮(く)れる	暮(く)れない	暮(く)れた
壊(こわ)れます	壊(こわ)れ	壊(こわ)れて	壊(こわ)れる	壊(こわ)れない	壊(こわ)れた
倒(たお)れます	倒(たお)れ	倒(たお)れて	倒(たお)れる	倒(たお)れない	倒(たお)れた
連(つ)れます	連(つ)れ	連(つ)れて	連(つ)れる	連(つ)れない	連(つ)れた
慣(な)れます	慣(な)れ	慣(な)れて	慣(な)れる	慣(な)れない	慣(な)れた
濡(ぬ)れます	濡(ぬ)れ	濡(ぬ)れて	濡(ぬ)れる	濡(ぬ)れない	濡(ぬ)れた
揺(ゆ)れます	揺(ゆ)れ	揺(ゆ)れて	揺(ゆ)れる	揺(ゆ)れない	揺(ゆ)れた
汚(よご)れます	汚(よご)れ	汚(よご)れて	汚(よご)れる	汚(よご)れない	汚(よご)れた
分(わ)かれます	分(わ)かれ	分(わ)かれて	分(わ)かれる	分(わ)かれない	分(わ)かれた
割(わ)れます	割(わ)れ	割(わ)れて	割(わ)れる	割(わ)れない	割(わ)れた

（三）第三類動詞（不規則變化動詞）

1. サ行不規則變化動詞 MP3-27

日文發音	漢字表記	中文翻譯	例句
します	—	做	今晩電話（こんばんでんわ）をします。 今天晚上要打電話。
べんきょうします	勉強します	學習	日本語（にほんご）を勉強（べんきょう）します。 學日文。
スポーツします	—	運動	スポーツするのが好（す）きです。 我喜歡運動。

※名詞之後常常可以加上「します」，構成漢語動詞「します」，此時的相關動詞變化規則同「します」。不只漢語，有些外來語也能加上「します」構成動詞。這些動詞均歸類為第三類動詞。

◎サ行不規則變化動詞基本變化

動詞	ます形	て形	辭書形	ない形	た形
します	し	して	する	しない	した

※請特別注意「します」的辭書形是「する」。

2. カ行不規則變化動詞 MP3-28

日文發音	漢字表記	中文翻譯	例句
きます	来ます	來	また来(き)てください。 請再來！

◎カ行不規則變化動詞基本變化

動詞	ます形	て形	辭書形	ない形	た形
来(き)ます	来(き)	来(き)て	来(く)る	来(こ)ない	来(き)た

※請特別注意「来(き)ます」的辭書形是「来(く)る」、「ない形」是「来(こ)ない」。

三 形容詞及副詞

（一）イ形容詞 MP3-29

1. 三音節イ形容詞

イ形容詞	漢字表記	中文翻譯	イ形容詞	漢字表記	中文翻譯
あさい	浅い	淺的	うまい	旨い	好吃的
かたい	硬い	硬的	こわい	怖い	恐怖的
すごい	凄い	厲害的	にがい	苦い	苦的
ねむい	眠い	想睡覺的	ひどい	酷い	殘酷的
ふかい	深い	深的			

2. 四音節イ形容詞

イ形容詞	漢字表記	中文翻譯	イ形容詞	漢字表記	中文翻譯
うれしい	嬉しい	開心的	おかしい	可笑しい	奇怪的
かなしい	悲しい	悲傷的	きびしい	厳しい	嚴肅的
こまかい	細かい	零碎的	さびしい	寂しい	寂寞的
ただしい	正しい	正確的	ねむたい	眠たい	想睡的
やさしい	優しい	體貼的	よろしい	宜しい	好的

3. 五音節イ形容詞

イ形容詞	漢字表記	中文翻譯
うつくしい	美しい	美麗的
すばらしい	素晴らしい	很棒的
はずかしい	恥ずかしい	害羞的、丟臉的

イ形容詞	漢字表記	中文翻譯
めずらしい	珍しい	稀有的
やわらかい	柔らかい	柔軟的

（二）ナ形容詞 MP3-30

ナ形容詞	漢字表記	中文翻譯	ナ形容詞	漢字表記	中文翻譯
あんしん	安心	放心	あんぜん	安全	安全
かんたん	簡単	簡單	きけん	危険	危險
さかん	盛ん	興盛	ざんねん	残念	遺憾
じゃま	邪魔	麻煩	じゆう	自由	自由
じゅうぶん	十分	足夠	しんせつ	親切	親切
しんぱい	心配	擔心	だいじ	大事	重要
たしか	確か	確實	だめ	駄目	不可以
ていねい	丁寧	仔細	てきとう	適当	適當
とくべつ	特別	特別	ねっしん	熱心	積極
ひつよう	必要	需要	ふくざつ	複雑	複雜
ふべん	不便	不便	へん	変	奇怪
まじめ	真面目	認真	むり	無理	無理、勉強

（三）副詞 MP3-31

副詞	中文翻譯	副詞	中文翻譯
一生懸命（いっしょうけんめい）	拚命地	いっぱい	滿滿地
かならず	一定	代（か）わりに	代替

副詞	中文翻譯	副詞	中文翻譯
きっと	一定	急（きゅう）に	突然
けっして	絕對	しっかり	好好地
しばらく	不久	じゅうぶん	足夠
ずいぶん	相當地	すっかり	完全地
ずっと	一直	ぜひ	務必
ぜんぜん	完全（不）	それほど	那麼地
そろそろ	差不多	そんなに	那樣地
だいたい	大致上	だいぶ	相當地
たしか	的確	たまに	偶爾
ちっとも	一點也（不）	できるだけ	盡量
とうとう	終於	とくに	尤其
なかなか	相當地	なるべく	盡可能
なるほど	原來如此	はっきり	明確地
ひさしぶり	久違	非常（ひじょう）に	非常地
べつに	另外、其他	ほとんど	幾乎
まず	首先	もうすぐ	馬上
もし	如果	やっと	好不容易
やはり	還是、果然	わりあいに	格外地

四 外來語 MP3-32

（一）雙音節外來語

外來語	中文翻譯	外來語	中文翻譯
ガス	瓦斯、氣體	ジャム	果醬
パパ	爸爸（孩子用語）	レジ	收銀臺

（二）三音節外來語

外來語	中文翻譯	外來語	中文翻譯
アジア	亞洲	ガラス	玻璃
ケーキ	蛋糕	サラダ	沙拉
スーツ	西裝、套裝	ソフト	軟體
タイプ	形式、打字	チェック	確認
テニス	網球	パート	打工
ピアノ	鋼琴		

（三）四音節外來語

外來語	中文翻譯	外來語	中文翻譯
アフリカ	非洲	アメリカ	美國
オーバー	超過、大衣	カーテン	窗簾
ガソリン	汽油	サンダル	涼鞋
スーパー	超市	ステーキ	牛排
ステレオ	立體音響	テキスト	課本
パソコン	個人電腦	レポート	報告

（四）五音節外來語

外來語	中文翻譯	外來語	中文翻譯
アルコール	酒精、酒類	アルバイト	打工
オートバイ	機車	コンサート	演唱會
スクリーン	螢幕	ハンバーグ	漢堡排
プレゼント	禮物		

（五）六音節外來語

外來語	中文翻譯	外來語	中文翻譯
アクセサリー	飾品	アナウンサー	主播
コンピューター	電腦	サンドイッチ	三明治
スーツケース	行李箱		

（六）七音節以上外來語

外來語	中文翻譯	外來語	中文翻譯
エスカレーター	電扶梯	ガソリンスタンド	加油站

五 音讀名詞

（一）雙音節名詞 MP3-33

日文發音	漢字表記	中文翻譯	日文發音	漢字表記	中文翻譯
いか	以下	以下	かじ	火事	火災
けが	怪我	受傷	じこ	事故	事故、意外
しゅみ	趣味	嗜好	せわ	世話	照顧
そふ	祖父	祖父	そぼ	祖母	祖母
ちり	地理	地理	るす	留守	不在家

（二）三音節名詞

1. 三音節名詞（1）MP3-34

日文發音	漢字表記	中文翻譯	日文發音	漢字表記	中文翻譯
いがい	以外	以外	いがく	医学	醫學
いけん	意見	意見	いじょう	以上	以上
いちど	一度	一次	いない	以内	以內
えんりょ	遠慮	謝絕、客氣	かいぎ	会議	會議
かいわ	会話	會話	かがく	科学	科學
かちょう	課長	課長	かない	家内	內人
きかい	機会	機會	きかい	機械	機器
きせつ	季節	季節	きそく	規則	規則
きぶん	気分	心情	ぎじゅつ	技術	技術
きょうみ	興味	感興趣	きんじょ	近所	附近
くうき	空気	空氣	けしき	景色	風景
げしゅく	下宿	住宿處	けんか	喧嘩	吵架
こしょう	故障	故障	こうぎ	講義	課程
こんど	今度	這一次、下次	こんや	今夜	今晚
さいご	最後	最後	さいしょ	最初	最初
しけん	試験	考試	しみん	市民	市民
じしん	地震	地震	じだい	時代	時代

2. 三音節名詞（2） MP3-35

日文發音	漢字表記	中文翻譯	日文發音	漢字表記	中文翻譯
じてん	辞典	字典	しゃかい	社会	社會
しゃちょう	社長	總經理	じゅうしょ	住所	住址
じゅんび	準備	準備	じょせい	女性	女性
しょうち	承知	了解	しょくじ	食事	用餐
じんじゃ	神社	神社	せかい	世界	世界
せいじ	政治	政治	ちゅうい	注意	注意
ちゅうし	中止	停止	ちゅうしゃ	注射	打針
とちゅう	途中	途中	どうぐ	道具	工具
にっき	日記	日記	ふつう	普通	普通
ふとん	布団	棉被	ぶちょう	部長	部長
ぶどう	葡萄	葡萄	ぶんか	文化	文化
へんじ	返事	回答	まんが	漫画	漫畫
もめん	木綿	棉花	ゆしゅつ	輸出	出口
ゆにゅう	輸入	進口	ようい	用意	準備
ようじ	用事	事情	よしゅう	予習	預習
よてい	予定	計畫	よやく	予約	預約
りゆう	理由	原因	りよう	利用	使用
りょかん	旅館	旅館	れきし	歴史	歴史

（三）四音節名詞

1. 四音節名詞（1）MP3-36

日文發音	漢字表記	中文翻譯	日文發音	漢字表記	中文翻譯
あいさつ	挨拶	打招呼	あんない	案内	引導、帶路
いっぱん	一般	一般	うんてん	運転	開車
うんどう	運動	運動	おくじょう	屋上	屋頂
かいがん	海岸	海岸	かいじょう	会場	會場
かっこう	格好	外表、樣子	かんけい	関係	關係
きゅうこう	急行	快車	きょういく	教育	教育
きょうかい	教会	教堂	きょうそう	競争	競爭
くうこう	空港	機場	けいかく	計画	計畫
けいけん	経験	經驗	けいざい	経済	經濟
けいさつ	警察	警察	けんきゅう	研究	研究
けんぶつ	見物	觀光	げんいん	原因	原因
こうがい	郊外	郊外	こうぎょう	工業	工業
こうこう	高校	高中	こうじょう	工場	工廠
こうちょう	校長	校長	こうつう	交通	交通

2. 四音節名詞（2）MP3-37

日文發音	漢字表記	中文翻譯	日文發音	漢字表記	中文翻譯
こうどう	講堂	禮堂	こくさい	国際	國際
さいきん	最近	最近	さんぎょう	産業	產業
しつれい	失礼	失禮	しっぱい	失敗	失敗
しゅうかん	習慣	習慣	じゅうどう	柔道	柔道
しゅっせき	出席	出席	しゅっぱつ	出発	出發
しょうかい	紹介	介紹	しょうがつ	正月	新年
しょうせつ	小説	小說	しょうたい	招待	邀請
しょうらい	将来	將來	じんこう	人口	人口
すいえい	水泳	游泳	すいどう	水道	自來水
すうがく	数学	數學	せいかつ	生活	生活
せいさん	生産	生產	せいよう	西洋	西洋
せつめい	説明	說明	せんそう	戦争	戰鬥
せんぱい	先輩	前輩	せんもん	専門	專長

3. 四音節名詞（3）MP3-38

日文發音	漢字表記	中文翻譯	日文發音	漢字表記	中文翻譯
そうだん	相談	商量	そつぎょう	卒業	畢業
たいいん	退院	出院	たいふう	台風	颱風
だんせい	男性	男性	だんぼう	暖房	暖氣
てんいん	店員	店員	でんとう	電灯	電燈
でんぽう	電報	電報	とっきゅう	特急	特快車
にゅういん	入院	住院	にゅうがく	入学	入學
にんぎょう	人形	洋娃娃	はいけん	拝見	拜讀
はつおん	発音	發音	はんたい	反対	反對
ふくしゅう	復習	複習	ぶんがく	文学	文學
ぶんぽう	文法	文法	ほうそう	放送	傳送、廣播
ほうりつ	法律	法律	ぼうえき	貿易	貿易
やくそく	約束	約定	りょうほう	両方	雙方
れいぼう	冷房	冷氣	れんらく	連絡	聯絡

（四）三漢字名詞 MP3-39

日文發音	漢字表記	中文翻譯	日文發音	漢字表記	中文翻譯
うんてんしゅ	運転手	司機	かいぎしつ	会議室	會議室
かんごふ	看護婦	護士	けんきゅうしつ	研究室	研究室
こうこうせい	高校生	高中生	こうむいん	公務員	公務員
さらいげつ	再来月	下下個月	さらいしゅう	再来週	下下個星期
じむしょ	事務所	辦公室	しょうがっこう	小学校	小學
しょくりょうひん	食料品	食品	しんぶんしゃ	新聞社	報社
だいがくせい	大学生	大學生	ちゅうがっこう	中学校	國中
ちゅうしゃじょう	駐車場	停車場	てんらんかい	展覧会	展覽
どうぶつえん	動物園	動物園	びじゅつかん	美術館	美術館

六　寒暄用語 MP3-40

寒暄語	中文翻譯
いってまいります。	我要走了。
いってらっしゃい。	請慢走。
ただいま。	我回來了。
おかえりなさい。	你回來啦。
おかげさまで。	託您的福。
おだいじに。	請多保重。
おまたせしました。	讓您久等了。
おめでとうございます。	恭喜。
かしこまりました。	遵命、知道了。
よく　いらっしゃいました。	歡迎。

實力測驗

問題 I　＿＿＿の　ことばは　どう　よみますか。1・2・3・4から　いちばん　いい　ものを　ひとつ　えらんで　ください。

問1　姉は　この　病院で　医者と　して　働いて　います。

（　）① 姉　1. あに　2. あにい　3. あね　4. あねえ

（　）② 病院　1. びよいん　2. びょいん　3. びよういん　4. びょういん

（　）③ 医者　1. いしゃ　2. いしや　3. おいしゃ　4. おいしや

（　）④ 働いて　1. はたらいて　2. かわいて　3. うごいて　4. ひらいて

問2　日本では　車は　道の　左がわを　走って　います。

（　）⑤ 車　1. しゃ　2. くま　3. くうま　4. くるま

（　）⑥ 道　1. まち　2. みち　3. まじ　4. みじ

（　）⑦ 左　1. ひたり　2. ひだり　3. みき　4. みぎ

（　）⑧ 走って　1. はしって　2. あしって　3. あるって　4. しって

問3　田中さんの　木曜日の　洋服は　茶色でした。

（　）⑨ 木曜日　1. かようび　2. すいようび　3. もくようび　4. きようび

（　）⑩ 洋服　1. よふく　2. ようふく　3. おうふく　4. ようふ

（　）⑪ 茶色　1. きいろ　2. きいいろ　3. ちゃいろ　4. ちゃいいろ

問4 <u>荷物</u>が　とても　<u>重い</u>ので、山田さんに　<u>持って</u>　もらいました。

（　）⑫ 荷物　1. にもつ　2. にぶつ　3. かもつ　4. かぶつ

（　）⑬ 重い　1. かるい　2. ふるい　3. わるい　4. おもい

（　）⑭ 持って　1. とって　2. もって　3. まって　4. かって

問5 <u>世界</u>の　<u>地理</u>を　あまり　<u>知らない</u>ので、もっと　<u>勉強</u>した。

（　）⑮ 世界　1. せいかい　2. せいか　3. せかい　4. せか

（　）⑯ 地理　1. ちり　2. じり　3. とり　4. かり

（　）⑰ 知らない　1. ちらない　2. しらない　3. わらない　4. わからない

（　）⑱ 勉強　1. べんきょ　2. べんきゅ　3. へんきょう　4. べんきょう

問6 <u>春</u>には　<u>花</u>が　たくさん　さきます。

（　）⑲ 春　1. なつ　2. はる　3. ふゆ　4. あき

（　）⑳ 花　1. か　2. さくら　3. はな　4. えだ

問題 II ＿＿＿の　ことばは　どう　かきますか。1・2・3・4から　いちばん　いい　ものを　ひとつ　えらんで　ください。

問1 らいしゅうは　ようじが　あるので、りょこうに　行けません。

（　）① らいしゅう

1. 来週	2. 未週	3. 今週	4. 金週

（　）② ようじ　1. 用字　2. 要字　3. 用事　4. 要事

（　）③ りょこう　1. 族荇　2. 旅荇　3. 族行　4. 旅行

問2 りょうりを　つくったとき、いつも　しゅじんに　あじを　みて　もらいます。

（　）④ りょうり　1. 料理　2. 綾里　3. 料利　4. 科理

（　）⑤ つくった　1. 創った　2. 造った　3. 作った　4. 柞った

（　）⑥ しゅじん　1. 囚人　2. 主人　3. 王人　4. 住人

（　）⑦ あじ　1. 匂　2. 食　3. 足　4. 味

問3 おとうとは　ふとって　いて、くびが　みじかい。

（　）⑧ ふとって　いて

1. 大って　いて　2. 犬って　いて
3. 太って　いて　4. 夫って　いて

（　）⑨ くび　1. 首　2. 頭　3. 指　4. 腕

（　）⑩ みじかい　1. 鋀い　2. 椬い　3. 脰い　4. 短い

問4 じどうしゃの　うんてんを　ならって　います。

（　）⑪ じどうしゃ

1. 自勤車　2. 自動車　3. 自働車　4. 自慟車

（　）⑫ うんてん　1. 運転　2. 軍転　3. 運動　4. 軍動

（　）⑬ ならって　1. 鳴って　2. 笑って　3. 学って　4. 習って

問5 **<u>てんき</u>よほうに　よると、<u>たいふう</u>が　来るそうです。**

（　）⑭ てんき　1. 夫気　2. 天気　3. 夫氣　4. 天氣

（　）⑮ たいふう　1. 台虱　2. 颱虱　3. 台風　4. 颱風

問題III **＿＿＿に　ふさわしい　ものは　どれですか。1・2・3・4 から　いちばん　いい　ものを　ひとつ　えらんで ください。**

（　）① この　いけは　＿＿＿ですから、ちゅういして　ください。

1. ふるい　　2. ふかい　　3. たかい　　4. わかい

（　）② へやの　＿＿＿を　つけて、あたたかく　します。

1. でんとう　　2. だんぼう　　3. れいぼう　　4. でんわ

（　）③ たいふうで　はしが　＿＿＿　しまった。

1. こわれて　　2. おくれて　　3. よごれて　　4. おれて

（　）④ もう　じかんが　ありませんから、＿＿＿　ください。

1. はやくて　　2. たのしんで　　3. いそいで　　4. おどろいて

（　）⑤ にほんごの　＿＿＿の　てんが　わるかったので、ははに しかられました。

1. ノート　　2. テキスト　　3. スカート　　4. テスト

（　）⑥ ＿＿＿　おかねが　たりなくても、けっして　ひとの　ものを ぬすんでは　いけません。

1. いくら　　2. どうして　　3. いかが　　4. どんな

（　）⑦ こうえんに　はなを　＿＿＿。

1. かえましょう　　2. とりましょう
3. うえましょう　　4. うりましょう

（　）⑧ しごとを　やめるとき、りょうしんに　＿＿＿。

1. いけんしました　　2. そうだんしました
3. りょこうしました　　4. うんてんしました。

（　）⑨ わたしは　小さい　ときから　にっきを　＿＿＿。

1. ついて　います　　2. つけて　います

3. かって　います　　4. かけて　います

（　）⑩ あした　しけんが　あります。＿＿＿　こんやは　テレビを　見ないで　ください。

1. しかし　　2. それから　　3. だから　　4. けれども

問題Ⅳ　＿＿＿の　ぶんと　だいたい　おなじ　いみの　ぶんは　どれですか。1・2・3・4から　ひとつ　えらんで　ください。

（　）① きのう　せんせいの　おたくに　うかがいました。

1. きのう　せんせいの　うちを　ききました。
2. きのう　せんせいの　うちに　いきました。
3. きのう　せんせいの　うちで　たべました。
4. きのう　せんせいの　うちから　でました。

（　）② あの　へんは　こうつうが　ふべんです。

1. ちかくに　スーパーが　ありません。
2. ちかくに　がっこうが　ありません。
3. ちかくに　びょういんが　ありません。
4. ちかくに　えきが　ありません。

（　）③ この　あたりは　よる　きけんです。

1. この　あたりは　よる　さびしいです。
2. この　あたりは　よる　にぎやかです。
3. この　あたりは　よる　ふべんです。
4. この　あたりは　よる　あぶないです。

（　）④ わたしは　かみを　きって　きました。

1. わたしは　やおやへ　いきました。
2. わたしは　ほんやへ　いきました。
3. わたしは　とこやへ　いきました。
4. わたしは　にくやへ　いきました。

（　）⑤ らいしゅう　しあいが　あります。

1. しっかり　しごと　しましょう。
2. しっかり　れんしゅう　しましょう。
3. しっかり　べんきょう　しましょう。
4. しっかり　りょこう　しましょう。

問題Ｖ　つぎの　ことばの　つかいかたで　いちばん　いい　ものを　1・2・3・4から　ひとつ　えらんで　ください。

（　）① あける

1. でんきを　あけて　ください。
2. まどを　あけて　ください。
3. テキストを　あけて　ください。
4. パーティーを　あけて　ください。

（　）② だんだん

1. だんだん　さむく　なって　きました。
2. 休みの　日は　だんだん　ねて　います。
3. じゅぎょうは　だんだん　おわりました。
4. テレビを　見て　だんだん　わらいました。

（　）③ くださる

1. 先生に　じしょを　くださいました。
2. おとうとは　とけいを　くださいました。
3. しゃちょうは　ネクタイを　くださいました。
4. おとうさんに　おかねを　くださいました。

（　）④ ひきだし

1. ふとんを　ひきだしに　入れて　ください。
2. ペンを　ひきだしに　入れて　ください。
3. くるまを　ひきだしに　入れて　ください。
4. おとうとを　ひきだしに　入れて　ください。

（　）⑤ にがい

1. この　くすりは　にがいです。
2. ねつが　あって、にがいです。
3. その　しごとは　にがく　ありません。
4. わかれが　にがいです。

解答

問題 I

① 3	② 4	③ 1	④ 1	⑤ 4
⑥ 2	⑦ 2	⑧ 1	⑨ 3	⑩ 2
⑪ 3	⑫ 1	⑬ 4	⑭ 2	⑮ 3
⑯ 1	⑰ 2	⑱ 4	⑲ 2	⑳ 3

問題 II

① 1	② 3	③ 4	④ 1	⑤ 3
⑥ 2	⑦ 4	⑧ 3	⑨ 1	⑩ 4
⑪ 2	⑫ 1	⑬ 4	⑭ 2	⑮ 3

問題 III

① 2	② 2	③ 1	④ 3	⑤ 4
⑥ 1	⑦ 3	⑧ 2	⑨ 2	⑩ 3

問題 IV

① 2	② 4	③ 4	④ 3	⑤ 2

問題 V

① 2	② 1	③ 3	④ 2	⑤ 1

中文翻譯及解析

問題Ⅰ

問1　姉(あね)は　この　病院(びょういん)で　医者(いしゃ)と　して　働(はたら)いて　います。

中譯　姊姊在這家醫院當醫生。

問2　日本(にほん)では　車(くるま)は　道(みち)の　左側(ひだりがわ)を　走(はし)って　います。

中譯　在日本，車子行駛在道路的左側。

問3　田中(たなか)さんの　木曜日(もくようび)の　洋服(ようふく)は　茶色(ちゃいろ)でした。

中譯　田中先生星期四的衣服是棕色的。

問4　荷物(にもつ)が　とても　重(おも)いので、山田(やまだ)さんに　持(も)って　もらいました。

中譯　行李非常重，所以請山田先生幫忙拿了。

問5　世界(せかい)の　地理(ちり)を　あまり　知(し)らないので、もっと　勉強(べんきょう)した。

中譯　不太瞭解世界地理，所以多學了一點。

問6　春(はる)には　花(はな)が　たくさん　さきます。

中譯　春天開很多花。

問題 II

問1　来週は　用事が　あるので、旅行に　行けません。

中譯　因為下星期有事，所以無法去旅行。

問2　料理を　作ったとき、いつも　主人に　味を　みて　もらいます。

中譯　做好菜時，總是請我先生幫忙試試味道。

問3　おとうとは　太って　いて、首が　短い。

中譯　弟弟很胖，脖子很短。

問4　自動車の　運転を　習って　います。

中譯　正在學開車。

問5　天気よほうに　よると、台風が　来るそうです。

中譯　根據氣象報告，聽說颱風會來。

問題III

（　）① この　いけは　＿＿＿ですから、ちゅういして　ください。

1. ふるい　　2. ふかい　　3. たかい　　4. わかい

中譯　這個水池很深，所以請小心。

解說　四個選項各自是「古い」（舊的）、「深い」（深的）、「高い」（高的）、「若い」（年輕的）。主詞是水池，既然會要求對方小心，「深い」才是合理的答案。故應選2。

（　）② へやの　＿＿＿を　つけて、あたたかく　します。

1. でんとう　　2. だんぼう　　3. れいぼう　　4. でんわ

中譯　打開房間的暖氣，讓房間暖一點。

解說　本題除了要瞭解四個選項「電灯」（電燈）、「暖房」（暖氣）、「冷房」（冷氣）、「電話」（電話）的意思之外，還要懂得「暖かい」（暖和的）才能作答。因為要讓房間暖一點，所以要開的是暖氣，因此答案為2。

（　）③ たいふうで　はしが　＿＿＿　しまった。

1. こわれて　　2. おくれて　　3. よごれて　　4. おれて

中譯　因為颱風，橋壞掉了。

解說　本題主要測驗考生對辭書形結尾為「～れる」之相關動詞的熟悉程度。四個選項各為「壊れる」（壞掉）、「遅れる」（遲到）、「汚れる」（骯髒）、「折れる」（斷掉），因此答案為1。

（　）④ もう　じかんが　ありませんから、＿＿＿　ください。

1. はやくて　　2. たのしんで　　3. いそいで　　4. おどろいて

中譯　已經沒有時間了，請快一點。

解說　因為前半句是「時間がありません」（沒時間），所以要選「急ぐ」（趕快）。選項 1「早くて」是イ形容詞的「て形」。雖然也是「快」的意思，但因為不是動詞，所以後面不能接「ください」。此外選項2「楽しんで」（快樂）、選項4「驚いて」（驚訝）都是表示心理狀態的動詞，後面接上「ください」（請～）也不合常理，因此答案為3。

（　）⑤ にほんごの　＿＿＿の　てんが　わるかったので、ははに　しかられました。

1. ノート　　2. テキスト　　3. スカート　　4. テスト

中譯　日文測驗的成績不好，所以被媽媽罵了。

解說　本題主要測驗「～ト」結尾之發音相近的外來語，關鍵字是「点」（分數）。既然是成績不好，當然就是測驗成績不好，所以答案要選 4「テスト」。其他三個選項的意思則是 1「ノート」（筆記本）、2「テキスト」（課本）、3「スカート」（裙子）。

（　）⑥ ＿＿＿　おかねが　たりなくても、けっして　ひとの　ものを　ぬすんでは　いけません。

1. いくら　　2. どうして　　3. いかが　　4. どんな

中譯　再怎麼沒錢，也絕對不可以偷別人的東西。

解說　「いくら」除了當疑問詞（多少錢）外，還可配合逆態接續詞「ても」，構成「再～，也～」的句型，因此答案為1。此外，其他選項的意思各為 2「どうして」（為什麼）、3「いかが」（如何）、4「どんな」（怎樣的）。

（　）⑦ こうえんに　はなを　＿＿＿。

1. かえましょう　　2. とりましょう

3. うえましょう　　4. うりましょう

中譯　把花種在公園裡吧！

解說　本題要先以動詞和受詞的關係來判斷，所以選項1「変える」（改變）不考慮，而2「花を取る」（摘花）、3「花を植える」（種花）、4「花を売る」（賣花）都是合理的。但由於「公園」後是「に」（存在的位置），而不是「で」（動作發生的場所），因此只剩3才是正確的。

（　）⑧ しごとを　やめるとき、りょうしんに　＿＿＿。

1. いけんしました　　2. そうだんしました

3. りょこうしました　　4. うんてんしました

中譯　要辭職的時候，和父母商量了。

解說　本題考的是Ⅲ類動詞，選項1「意見する」（表示意見）、2「相談する」（商量）、3「旅行する」（旅行）、4「運転する」（開車）。因為是說話者要辭職（仕事をやめる），所以應選 2「相談する」（商量）。如果選 1 的話，就會變成「給父母意見」。

（　）⑨ わたしは　小さい　ときから　にっきを　＿＿＿。

1. ついて　います　　2. つけて　います

3. かって　います　　4. かけて　います

中譯　我從小就一直寫日記。

解說　寫日記固定要用「日記をつける」。故答案為2。

（ ）⑩ あした　しけんが　あります。＿＿＿　こんやは　テレビを　見ないで　ください。

1. しかし　　2. それから　　3. だから　　4. けれども

中譯　明天有考試。所以今晚請不要看電視。

解說　本題考接續詞。選項1「**しかし**」、4「**けれども**」都是逆態接續詞「但是」之意；2「**それから**」是「然後」；3「**だから**」是順態接續詞「所以」的意思。由於前句是「**あした試験（しけん）があります。**」（明天有考試。）後句是「**今夜（こんや）はテレビを見（み）ないでください。**」（今晚請不要看電視。）因此 3 才是正確答案。

問題IV

（　）① <u>きのう　せんせいの　おたくに　うかがいました。</u>

1. きのう　せんせいの　うちを　ききました。
2. <u>きのう　せんせいの　うちに　いきました。</u>
3. きのう　せんせいの　うちで　たべました。
4. きのう　せんせいの　うちから　でました。

中譯　昨天拜訪了老師家。

1. 昨天問了老師家。
2. <u>昨天去了老師家。</u>
3. 昨天在老師家吃了飯。
4. 昨天從老師家出來。

（　）② <u>あの　へんは　こうつうが　ふべんです。</u>

1. ちかくに　スーパーが　ありません。
2. ちかくに　がっこうが　ありません。
3. ちかくに　びょういんが　ありません。
4. <u>ちかくに　えきが　ありません。</u>

中譯　那附近交通不方便。

1. 附近沒有超市。
2. 附近沒有學校。
3. 附近沒有醫院。
4. <u>附近沒有車站。</u>

（　）③ この　あたりは　よる　きけんです。

1. この　あたりは　よる　さびしいです。

2. この　あたりは　よる　にぎやかです。

3. この　あたりは　よる　ふべんです。

4. この　あたりは　よる　あぶないです。

中譯　這一帶晚上很危險。

1. 這一帶晚上很荒涼。

2. 這一帶晚上很熱鬧。

3. 這一帶晚上很不方便。

4. 這一帶晚上很危險。

（　）④ わたしは　かみを　きって　きました。

1. わたしは　やおやへ　いきました。

2. わたしは　ほんやへ　いきました。

3. わたしは　とこやへ　いきました。

4. わたしは　にくやへ　いきました。

中譯　我去剪了頭髮回來。

1. 我去了蔬果店。

2. 我去了書店。

3. 我去了理髮店。

4. 我去了肉舖。

（　）⑤ らいしゅう　しあいが　あります。

1. しっかり　しごと　しましょう。

2. しっかり　れんしゅう　しましょう。

3. しっかり　べんきょう　しましょう。

4. しっかり　りょこう　しましょう。

中譯　下星期有比賽。

1. 好好工作吧。

2. 好好練習吧。

3. 好好讀書吧。

4. 好好旅行吧。

問題Ⅴ

（　）① あける

1. → でんきを　つけて　ください。

2. ○ まどを　あけて　ください。

3. → テキストを　ひらいて　ください。

4. → パーティーを　ひらいて　ください。

解說　本題主要測驗考生對於「開（あ）ける」的了解程度。「開（あ）ける」主要用於「ドアを開（あ）ける」（開門）、「まどを開（あ）ける」（開窗）之類的動作。開燈要用「つける」，所以應為「電気（でんき）をつける」。翻開課本是「テキストを開（ひら）く」，開舞會是用「パーティーを開（ひら）く」。所以答案為2。

（　）② だんだん

1. ○ だんだん　さむく　なって　きました。

2. → 休（やす）みの　日（ひ）は　ほとんど　ねて　います。

3. → じゅぎょうは　もう　おわりました。

4. → テレビを　見（み）て　たくさん　わらいました。

解說　「だんだん」是「漸漸地」的意思，後面要接帶有變化的動詞。因此答案為1，「だんだん寒（さむ）くなってきました。」（漸漸冷了起來。）

（　）③ くださる

1. → 先生(せんせい)に　じしょを　いただきました。

2. → おとうとは　とけいを　くれました。

3. ○ しゃちょうは　ネクタイを　くださいました。

4. → おとうさんに　おかねを　もらいました。

解說　「くださる」是「くれる」的尊敬語，意思是「給我、送我」，主詞一定不可以是自己，所以選項1、4都不是正確的。此外，因為是尊敬語，所以主詞應為上位者。選項2的主詞是「弟(おとうと)」，亦非正確答案。因此要選3，「社長(しゃちょう)はネクタイをくださいました。」（社長送我領帶。）

（　）④ ひきだし

1. → ふとんを　おしいれに　入(い)れて　ください。

2. ○ ペンを　ひきだしに　入(い)れて　ください。

3. → くるまを　しゃこに　入(い)れて　ください。

4. × おとうとを　ひきだしに　入(い)れて　ください。

解說　「引(ひ)き出(だ)し」是「抽屜」。「ふとん」（棉被）、「ペン」（筆）、「車(くるま)」（車子）、「弟(おとうと)」（弟弟）四個選項中，能放進抽屜裡的只有筆，因此答案為2「ペンを引(ひ)き出(だ)しに入(い)れてください。」（請把筆放進抽屜裡。）

（　）⑤ にがい

1. ○ この　くすりは　にがいです。

2. → ねつが　あって、くるしいです。

3. → その　しごとは　つらく　ありません。

4. → わかれが　つらいです。

解說　「苦（にが）い」指的是味覺上的苦，所以答案為1「この薬（くすり）は苦（にが）いです。」（這個藥很苦。）選項2應改為「熱（ねつ）があって、苦（くる）しいです。」（發燒，很難受。）才是正確的；3及4應改為「辛（つら）い」，而成為「その仕事（しごと）は辛（つら）くありません。」（那工作不辛苦。）「別（わか）れが辛（つら）いです。」（分離很痛苦。）

memo

第二單元

言語知識（文法）

文法準備要領

新日檢N4的「言語知識」包含「文字・語彙」和「文法」二單元，其中「文法」部分和「讀解」合併為一節測驗，考試時間為60分鐘。「文法」的題目共有三大題，第一大題要選出正確的句型用法；第二大題為句子重組的排序題型；第三大題則是克漏字，要根據前後文脈，選出適當的語彙或句型。

由於新日檢N4言語知識的文法部分和讀解在同一節考試，因此時間的分配及掌握，是能否獲得高分的關鍵。只要將本書中的文法觀念記熟，考試時一看到題目，一定可以毫不猶豫地作答。而應試時若可迅速正確地完成前三大題，就能有充裕的時間思考後面的閱讀測驗。此外，相關文法句型會不斷出現在讀解的題目中，文法愈熟練，當然對讀解的作答幫助也愈大。

必考文法及題型分析

一　助詞篇

日文中的助詞若要細分，可分為格助詞、副助詞、接續助詞、終助詞等多種用法。不過同一個字可能涵蓋多種功能（例如「が」就同時具有格助詞以及接續助詞的功能），若分開學習，往往會造成困擾，並容易忽略相關的文法比較。因此本書捨棄傳統助詞分類的方式，而是以字為中心，同時介紹一個助詞的多種用法。讓讀者在學習助詞用法的同時。也可以一併了解各種用法的差異。

（一）に　MP3-41

1. 表示對象

◎被動句（被誰～）：

■きょう　学校(がっこう)に　遅(おく)れて、先生(せんせい)に　注意(ちゅうい)されました。

今天上學遲到，被老師警告了。

◎使役句（要誰～）：

■子(こ)どもに　テレビを　見(み)させよう。

讓小孩看電視吧！

◎授受動詞（請／幫誰～）：

■太郎(たろう)に　中国語(ちゅうごくご)で　手紙(てがみ)を　書(か)いて　あげます。

幫太郎用中文寫信。

2. 其他片語用法

◎～に　します：決定～、要～

■僕（ぼく）は　ビールに　します。

我要啤酒。

■私（わたし）は　花子（はなこ）と　結婚（けっこん）することに　しました。

我決定要和花子結婚了。

◎～に　なれます：習慣～

■日本（にほん）の　生活（せいかつ）に　なれました。

習慣了日本的生活。

◎役（やく）に　立（た）ちます：有用、有幫助

■スポーツは　健康（けんこう）に　役（やく）に　立（た）つ。

運動對健康有幫助。

（二）が MP3-42

1. 表示主語

◎能力句：

■太郎（たろう）は　泳（およ）ぐことが　できます。

太郎會游泳。

◎形容詞句：

■野田（のだ）さんは　中国語（ちゅうごくご）が　上手（じょうず）です。

野田先生中文很棒。

2. 表示感覺

◎感覺＋が＋します：

■いい　匂（にお）いが　します。

很香。

■変（へん）な　音（おと）が　します。

有怪聲音。

（三）までに MP3-43

◎之前：

■来週(らいしゅう)までに　お金(かね)を　返(かえ)さなければ　なりません。

下星期前一定要還錢。

（四）ばかり MP3-44

◎光～、淨～：

■働(はたら)いて　ばかり　いると、体(からだ)を　壊(こわ)しますよ。

一直工作的話，會弄壞身子喔！

■良子(よしこ)は　肉(にく)ばかり　食(た)べます。

良子只吃肉。

（五）でも MP3-45

◎舉例：

■お茶(ちゃ)でも　飲(の)みませんか。

要不要喝杯茶呢？

◎疑問詞＋でも：全面肯定

■中華料理(ちゅうかりょうり)は　何(なん)でも　好(す)きです。

中國菜不管什麼都喜歡。

（六）か MP3-46

◎～か　どうか：

■あの　人（ひと）は　日本（にほん）に　行（い）くか　どうか　わかりません。

不知道那個人去不去日本。

◎疑問詞＋か：

■あの　人（ひと）は　どこへ　行（い）くか　わかりません。

不知道那個人要去哪裡。

（七）とか MP3-47

◎列舉：

■デパートで　シャツとか　ネクタイとか、いろいろ買（か）いました。

在百貨公司買了襯衫啦、領帶啦，各式各樣的東西。

（八）し MP3-48

◎原因理由的並列：

■吉田（よしだ）さんは　ピアノも　弾（ひ）けるし、歌（うた）も　上手（じょうず）です。

吉田先生又會彈鋼琴、也很會唱歌。

■もう遅（おそ）いし、疲（つか）れたから、そろそろ帰（かえ）ろう。

因為已經晚了，也很累了，差不多該回去了。

（九）ので MP3-49

◎因為～所以～（表順態接續）：

■雨（あめ）なので、どこへも　行（い）きません。

因為下雨，所以哪裡也不去。

（十）のに MP3-50

◎明明～但～（表逆態接續）：

■薬（くすり）を　飲（の）んだのに、まだ　頭（あたま）が　痛（いた）い。

明明吃了藥，但頭還是很痛。

二　動詞篇

（一）動詞分類

日本語教育文法（國文法）		動詞例
Ⅰ類動詞（五段動詞）		書きます、待ちます、書きます
Ⅱ類動詞（一段動詞）	iます（上一段）	います、起きます、見ます
	eます（下一段）	食べます、寝ます、掛けます
Ⅲ類動詞（カ變・サ變）		します、勉強します、来ます

表格內（　）部分表示的是傳統文法，也就是「國文法」的動詞分類用語。由於某些讀者過去學的是傳統文法，所以一併列出讓讀者對照。

要了解動詞變化，要先知道如何動詞分類，圖中框起來的部分稱為「ます形」。在現代日語教育文法中，大多以「ます形」來進行動詞的分類，同時「ます形」也成為動詞變化的基礎。請讀者們務必記住，將動詞語尾的「ます」去掉，就成為該動詞的「ます形」。（「ます形」在傳統日語文法中稱為「連用形」。）

動詞　→　ます形

食べます →　食べ

屬於III類動詞的有「来(き)ます」、「します」、以及其他「名詞＋します」的漢語動詞。對學習者來說，最困難的應該是如何區別I類動詞和II類動詞。請先注意I類動詞的「ます形」結尾，所有I類動詞的「ます形」結尾均是「i段」音結束；而II類動詞的「ます形」結尾則有「i段」音、「e段」音二種。所以，只有II類動詞的「ます形」才會以「e段」結束，例如：食(た)べ、寝(ね)、掛(か)け等等。因此，可以得到一個結論：

「ます形」結尾是「e段」的動詞為II類動詞

但是，「ます形」結尾是「i段」的動詞要怎麼區別呢？在初級日語（相當於N4程度）的階段中，「i段」結尾的II類動詞並不多。所以只要將下列「i段」結尾II類動詞記住，其他的動詞自然就是I類動詞。

「iます」結尾的II類動詞

動詞	中譯	動詞	中譯
浴(あ)びます	浴、淋	着(き)ます	穿
います	在、有	過(す)ぎます	超過
生(い)きます	活著	足(た)ります	足夠
起(お)きます	起床	出来(でき)ます	會、能
落(お)ちます	掉落	似(に)ます	相似
降(お)ります	下車	見(み)ます	看
借(か)ります	借（入）		

（二）動詞變化

N4考試中，所有的動詞變化都會出現，請務必牢記以下變化方式：

1. Ⅰ類動詞（五段動詞）

動詞例	五段變化	接尾語	動詞變化	名稱
書きます	書[か]＋	ない	書かない	ない形
		れる	書かれる	被動形
		せる	書かせる	使役形
	書[き]＋	—	書き	ます形
	書[く]＋	—	書く	辭書形
		な	書くな	禁止形
	書[け]＋	る	書ける	能力形
		ば	書けば	假定形
		—	書け	命令形
	書[こ]＋	う	書こう	意向形
	音變＋	て	書いて	て形
		た	書いた	た形

◎**ます形**：將動詞語尾「ます」去除，即成為ます形。

書（か）き~~ます~~　→　書（か）き

◎**辭書形**：將ます形結尾由原本的 i 段音改為 u 段音，即成為辭書形。

書（か）きます　→　書（か）く

◎**禁止形**：在辭書形後加上な，即成為禁止形。

書（か）く　→　書（か）くな

◎**ない形**：將ます形結尾的音改為 a 段音，再加上ない，即成為ない形。若結尾是い時（例如「会（あ）います」、「習（なら）います」），要變成わ，然後再加ない。此外，「あります」的「ない形」，不是「あらない」，而是「ない」。請當做例外記下來。

書（か）きます　→　書（か）かない

会（あ）います　→　会（あ）わない

あります　→　ない

◎**被動形**：將ます形結尾的音改為 a 段音，再加上れる，即成為被動形。若結尾是い時（例如「会（あ）います」、「習（なら）います」），要變成わ，然後再加れる。

書（か）きます　→　書（か）かれる

会（あ）います　→　会（あ）われる

◎**使役形**：將ます形結尾的音改為 a 段音，再加上せる，即成為使役形。若結尾是い時（例如「会（あ）います」、「習（なら）います」），要變成わ，然後再加せる。

書（か）きます　→　書（か）かせる

会（あ）います　→　会（あ）わせる

◎**能力形**：將ます形結尾的音改為 e 段音，再加上る，即成為能力形。

書(か)きます　→　書(か)ける

◎**假定形**：將ます形結尾的音改為 e 段音，再加上ば，即成為假定形。

書(か)きます　→　書(か)けば

◎**命令形**：將ます形結尾的音改為 e 段音，即成為命令形。

書(か)きます　→　書(か)け

◎**意向形**：將ます形結尾的音改為 o 段音，再加上う，即成為意向形。

書(か)きます　→　書(か)こう

◎**て形**：I 類動詞的「て形」變化需要「音變」（日文為「音便(おんびん)」，指的是為了發音容易，而進行的變化），其變化方式看似複雜，但只要熟記以下規則，當作口訣多複誦幾次，任何 I 類動詞都能輕鬆變成「て形」。

ます形結尾 「い」「ち」「り」促音變

ます形結尾 「み」「び」「に」鼻音變

ます形結尾 「き」い音變

ます形結尾 「し」無音變

促音變：「い」「ち」「り」→「って」

会(あ)います　→　会(あ)って

待(ま)ちます　→　待(ま)って

入(はい)ります　→　入(はい)って

鼻音變：「み」「び」「に」→「んで」

飲(の)[み]ます → 飲(の)んで
遊(あそ)[び]ます → 遊(あそ)んで
死(し)[に]ます → 死(し)んで

い音變：「き」→「いて」（「ぎ」→「いで」）

書(か)[き]ます → 書(か)いて
泳(およ)[ぎ]ます → 泳(およ)いで

無音變：「し」→「して」

出(だ)[し]ます → 出(だ)して

例外：行(い)きます → 行(い)って（唯一的例外，請務必牢記）

◎**た形**：所有音變和「て形」相同，因此只要將以上「て形」的「て」改成「た」，即成為「た形」。

2. II類動詞（一段動詞）

動詞例	ます形	接尾語	動詞變化	名稱
起きます	起き＋	ない	起きない	ない形
		られる	起きられる	被動形
		させる	起きさせる	使役形
		—	起き	ます形
		る	起きる	辭書形
		るな	起きるな	禁止形
		られる	起きられる	能力形
		れば	起きれば	假定形
		ろ	起きろ	命令形
		よう	起きよう	意向形
		て	起きて	て形
		た	起きた	た形

II類動詞的動詞變化沒有音變，只要在「ます形」後加上「る」就成為「辭書形」；加上「ない」就成為「ない形」；加上「て」就成為「て形」；加上「た」就成為「た形」；加上「させる」就成為「使役形」；加上「れば」就成為「假定形」；加上「ろ」就成為「命令形」；加上「よう」就成為「意向形」；加上「られる」就成為「被動形」或是「能力形」。也就是II類動詞的動詞變化中，「被動形」及「能力形」是以同一形態呈現。此外，在辭書形後加上「な」就成為「禁止形」。

3. III類動詞

	動詞變化	名稱
します	しない	ない形
	される	被動形
	させる	使役形
	し	ます形
	する	辭書形
	するな	禁止形
	できる	能力形
	すれば	假定形
	しろ	命令形
	しよう	意向形
	して	て形
	した	た形

	動詞變化	名稱
来（き）ます	来（こ）ない	ない形
	来（こ）られる	被動形
	来（こ）させる	使役形
	来（き）	ます形
	来（く）る	辭書形
	来（く）るな	禁止形
	来（こ）られる	能力形
	来（く）れば	假定形
	来（こ）い	命令形
	来（こ）よう	意向形
	来（き）て	て形
	来（き）た	た形

III類動詞較不規則，不過只有「します」、「来（き）ます」二個字，請個別記住。尤其要注意「来（き）ます」各種變化時漢字讀音的差異。

（三）各動詞變化之常用句型

1. 被動形相關句型

◎直接被動：

主動句：　犬（いぬ）は　太郎（たろう）を　噛（か）みました。

→被動句：　太郎（たろう）は　犬（いぬ）に　噛（か）まれました。

狗咬了太郎。 → 太郎被狗咬了。

「直接被動」的變化除了將動詞變為被動形外，要將主動句的受詞移到句首，成為被動句的主詞，同時要將表示受詞的助詞「を」改為表示主詞的助詞「は」（或「が」）。然後將原本主動句的主詞加上「に」，表示動作的對象（被誰～）。

◎間接被動（所有格被動）：

主動句：　犬（いぬ）は　太郎（たろう）の　足（あし）を　噛（か）みました。

→被動句：　太郎（たろう）は　犬（いぬ）に　足（あし）を　噛（か）まれました。

狗咬了太郎的腳。 → 太郎被狗咬到了腳。

「間接被動」帶有「受害」的意思。其中的「所有格被動」，顧名思義，就是將主動句中的所有格當作被動句的主詞，表示受害者。因此，要將表示所有格的助詞「の」改為表示主詞的「は」（或「が」）。然後再將主動句中的主詞後加上「に」，表示加害者。

◎**間接被動（自動詞被動）：**

主動句：　　　　　雨（あめ）[が]　降（ふ）りました。

→被動句：　太郎（たろう）は　雨（あめ）[に]　降（ふ）られました。

下雨了。→ 太郎被雨淋了。

自動詞句也能成為被動，一般認為這是日文極特殊之處。這也是間接被動的一種，所以也有表示受害之意。變化上非常簡單，只要將動詞變成被動形，然後將原本主動句的主詞加上「に」，成為加害者，再將受害者放在被動句的主詞位置即可。

◎**無生物主語被動：**

■2008年（にせんはちねん）夏季（かき）オリンピックは　北京（ペキン）で　行（おこな）われました。

二〇〇八年夏季奧運在北京舉行。

日文被動句原則上應該以「生物」為主詞，但有時候也會有以「無生物」為主詞的狀況。通常是因為動作者是不特定的多數，且描述的是一般的社會事實。所以動作者不出現於句中，而直接以原本的受詞當主詞。要注意的是，這一類句子中文裡不會出現表示被動的「被」這個字，所以台灣學生容易出現如下的錯誤句子，請特別小心。

×　2008年（にせんはちねん）夏季（かき）オリンピックは　北京（ペキン）で　行（おこな）いました。

此外，這類句子即使動作者出現在句中，後面也不會加「に」，而是「によって」。這就像中文一樣，此時我們會說「由」，而不是「被」。

× 『風の歌を聴け』は　村上春樹に　書かれました。

《聽風的歌》是被村上春樹寫的。

○ 『風の歌を聴け』は　村上春樹に　よって　書かれました。

《聽風的歌》是由村上春樹所寫的。

2. 使役形相關句型

◎自動詞使役：

主動句：　　太郎（たろう）は　立（た）ちました。

→使役句：　先生（せんせい）は　太郎（たろう）を　立（た）たせました。

太郎站起來了。 → 老師要太郎站起來。

自動詞使役句除了將原本主動句中的動詞改為使役形之外，主詞後面的「は」（或「が」）也要改成「を」，而「は」（或「が」）則是要加在使役者之後。

◎他動詞使役：

主動句：　　花子（はなこ）は　にんじんを　食（た）べました。

→使役句：　お母（かあ）さんは　花子（はなこ）に　にんじんを　食（た）べさせました。

花子吃了紅蘿蔔。 → 媽媽要花子吃紅蘿蔔。

他動詞使役句除了將原本主動句中的動詞改為使役形之外，主詞後面的「は」（或「が」）要改成「に」，而使役者之後一樣要加上「は」（或「が」）。

◎**使役被動句：**

主動句：田中(たなか)さんは　お酒(さけ)を　飲(の)みました。

→使役句：部長(ぶちょう)は　田中(たなか)さんに　お酒(さけ)を　飲(の)ませました。

→使役被動句：田中(たなか)さんは　部長(ぶちょう)に　お酒(さけ)を　<u>飲(の)ませられました</u>。

田中先生喝了酒。

→ 部長要田中先生喝了酒。

→ 田中先生被部長逼著喝了酒。

使役被動句，顧名思義，就是將主動句變為使役句之後，再變為被動句。主要表達主詞「受害、被迫」的意思。

3. 意向形相關句型 MP3-51

◎ 意向形 ＋と　思(おも)います：想要～

■今夜(こんや)は　早(はや)く　寝(ね)ようと　思(おも)います。

今天晚上想要早點睡。

◎ 意向形 ＋と　します：正要～

■寝(ね)ようと　した時(とき)、電話(でんわ)が　かかって　きた。

正要睡覺的時候，電話來了。

4. ます形相關句型 MP3-52

◎ ます形 ＋ながら：一邊～，一邊～（表動作同時進行）

■お酒(さけ)を　飲(の)みながら、話(はなし)を　します。

一邊喝酒，一邊聊天。

◎ ます形 ＋たいです：我想～（表說話者之願望）

■映画(えいが)を　見(み)たいです。

我想看電影。

◎ ます形 ＋たがります：（某人）想～（表第三人之願望）

■子(こ)どもたちは　アイスクリームを　食(た)べたがって　います。

小孩子們想吃冰淇淋。

◎ ます形 ＋に　行(い)きます：去～（表目的）

■プールへ　泳(およ)ぎに　行(い)きます。

去游泳池游泳。

◎ ます形 ＋ましょう：～吧（表提議）

■食(た)べましょう。

吃吧！

◎ ますで形 +やすいです / にくいです / すぎます / はじめます / おわります（複合語）：

■この　ペンは　書(か)きやすいです。

這枝筆很好寫。

■この　ペンは　書(か)きにくいです。

這枝筆很難寫。

■食(た)べすぎる。

吃太多。

■食(た)べはじめる。

開始吃。

■食(た)べおわる。

吃完。

◎ ます形 +なさい：命令

■早(はや)く　寝(ね)なさい。

快睡！

◎お+ ます形 +に　なります（尊敬語）：

書(か)きます → お書(か)きに　なります

◎お+ ます形 +します（謙讓語）：

書(か)きます → お書(か)きします

◎お+ ます形 +ください：請～（「～て　ください」之尊敬語）

書(か)いて　ください → お書(か)きください

5. て形相關句型 MP3-53

◎ て形 ＋ください：請～

■立（た）って　ください。

請站起來。

◎ て形 ＋います（現在進行式、狀態）：

■あの　人（ひと）は　ご飯（はん）を　食（た）べて　います。（現在進行式）

那個人正在吃飯。

■あの　人（ひと）は　立（た）って　います。（狀態）

那個人站著。

■電気（でんき）が　ついて　います。（狀態）

電燈亮著。

◎ て形 ＋あります（表示狀態，前面的動詞為「他動詞」）：

■かばんに　名前（なまえ）が　書（か）いて　あります。

書包上寫有名字。

◎ て形 ＋いきます：～去

■鳥（とり）が　飛（と）んで　いきました。

鳥飛過去了。

◎ て形 ＋きます：～來

■鳥（とり）が　飛（と）んで　きました。

鳥飛過來了。

◎ て形 ＋くれます（尊敬語：くださいます）：幫我～

■陳（ちん）さんは　日本語（にほんご）で　手紙（てがみ）を　書（か）いて　くれます。

陳先生幫我用日文寫信。

◎ て形 ＋あげます（謙讓語：さしあげます）：我幫～

■陳(ちん)さんに　日本語(にほんご)で　手紙(てがみ)を　書(か)いて　あげます。

我幫陳先生用日文寫信。

◎ て形 ＋もらいます（謙讓語：いただきます）：我請～幫忙～

■陳(ちん)さんに　日本語(にほんご)で　手紙(てがみ)を　書(か)いて　もらいます。

我請陳先生幫忙用日文寫信。

◎ て形 ＋みます：試著～

■日本語(にほんご)で　手紙(てがみ)を　書(か)いて　みます。

試著用日文寫信。

◎ て形 ＋おきます：先～

■パーティーの　前(まえ)に、ビールを　買(か)って　おきます。

宴會前先買啤酒。

◎ て形 ＋しまいます：～完了

■子(こ)どもは　ケーキを　食(た)べて　しまいました。

小孩子把蛋糕吃完了。

◎ て形 ＋から：先～再～

■手(て)を　洗(あら)ってから、ご飯(はん)を　食(た)べます。

洗手後再吃飯。

◎ て形 ＋も　いいです：可以～（表許可）

■廊下(ろうか)で　タバコを　吸(す)っても　いいです。

可以在走廊抽菸。

◎ て形 ＋も　かまいません：可以～（表許可）

■廊下（ろうか）で　タバコを　吸（す）っても　かまいません。

在走廊抽菸也沒關係。

◎ て形 ＋は　いけません：不可以～（表禁止）

■教室（きょうしつ）で　タバコを　吸（す）っては　いけません。

不可以在教室裡抽菸。

6. ない形相關句型 MP3-54

◎ ない形 ＋で　ください：請不要～

■タバコを　吸（す）わないで　ください。

請不要抽菸。

◎ ない形 ＋ほうが　いいです：不要～比較好（表建議）

■薬（くすり）を　飲（の）まないほうが　いいです。

不要吃藥比較好。

◎ ない形 ＋な~~い~~＋くても　いいです：可以不要～（表許可）

■薬（くすり）を　飲（の）まなくても　いいです。

可以不要吃藥。

◎ ない形 ＋な~~い~~＋くては　いけません：不～不行（表義務）

■薬（くすり）を　飲（の）まなくては　いけません。

不吃藥不行。

◎ ない形 ＋な~~い~~＋ければ　なりません：一定要～（表義務）

■薬（くすり）を　飲（の）まなければ　なりません。

一定要吃藥。

7. 辭書形相關句型 MP3-55

◎ 辭書形 ＋前(まえ)に：～之前

■ご飯(はん)を　食(た)べる前(まえ)に、手(て)を　洗(あら)います。

飯前洗手。

◎ 辭書形 ＋ことが　できます：會～（表能力）

■太郎(たろう)は　泳(およ)ぐことが　できます。

太郎會游泳。

◎ 辭書形 ＋と：一～就～（表必然的結果）

■春(はる)に　なると、花(はな)が　咲(さ)きます。

一到了春天，花就會開。

◎ 辭書形 ＋なら：如果要～的話（表有前提的假定）

■運転(うんてん)するなら、お酒(さけ)を　飲(の)まないで　ください。

如果要開車的話，（就）請不要喝酒。

◎ 辭書形 ＋ように　なります：變得～（表習慣的變化）

■花子(はなこ)は　毎日(まいにち)　新聞(しんぶん)を　読(よ)むように　なりました。

花子變得每天看報紙。

※若「ようになります」之前的動詞由辭書形變成能力形的話，則表示的是「能力的變化」。

■花子(はなこ)は　中国語(ちゅうごくご)の　新聞(しんぶん)が　読(よ)めるように　なりました。

花子變得看得懂中文報紙。

8. た形相關句型 MP3-56

◎ た形 後(あと)で：～之後

■授業(じゅぎょう)が　終(お)わった後(あと)で、遊(あそ)びに　行(い)きましょう。

下課後去玩吧！

◎ た形 +ことが　あります：曾經～（表經驗）

■わたしは　タバコを　吸(す)ったことが　あります。

我抽過菸。

◎ た形 +ほうが　いいです：～比較好（表建議）

■風邪(かぜ)の　時(とき)は、薬(くすり)を　飲(の)んだほうが　いいです。

感冒時，吃藥比較好。

◎ た形 +り、 た形 +り　します：表動作的舉例

■クリスマスに　友(とも)だちと　歌(うた)を　歌(うた)ったり、ケーキを　食(た)べたり　します。

耶誕節時，都和朋友一起唱唱歌、吃吃蛋糕。

◎ た形 +ら：～的話（表假定）

■お酒(さけ)を　飲(の)んだら、運転(うんてん)しないで　ください。

喝了酒的話，請不要開車。

三　其他相關句型 MP3-57

◎そうです：聽說～（表傳聞）

■天気予報(てんきよほう)に　よると、台風(たいふう)が　来(く)るそうです。

根據氣象報告，聽說颱風會來。

◎そうです：看起來～、就要～（表樣態）

■雨(あめ)が　降(ふ)りそうです。

看起來要下雨了。

■これは　おいしそうです。（おいし~~い~~そうです）

這看起來好好吃。

「そう」可以表示傳聞，也可以表示樣態，所以考生相當容易混淆。動詞句裡，表示傳聞時，是「常體＋そう」；表示樣態時則是「ます形＋そう」。而形容詞句的樣態用法，則是要將「イ形容詞」的語尾「い」去掉再加上「そう」。

◎ようです：好像～（表主觀推測）

■もう　2時(にじ)ですから、あの　人(ひと)は　来(こ)ないようです。

已經二點了，那個人好像不會來了。

◎らしいです：好像～（表客觀推測）

■野田(のだ)さんの　話(はなし)に　よると、あの　人(ひと)は　来(こ)ないらしいです。

據野田先生所說，那個人好像不會來。

◎つもりです：打算～（表意志）

■日本(にほん)で　働(はたら)くつもりです。

打算在日本工作。

◎ために：為了～（表目的）

■健康（けんこう）の　ために、タバコを　やめます。

為了健康要戒菸。

◎ように：為了～、希望～（表目的）

■大学（だいがく）に　入（はい）れるように、一生懸命（いっしょうけんめい）　勉強（べんきょう）します。

為了能進入大學，要拚命用功。

◎はずです：應該～（表推測）

■両親（りょうしん）は　O型（オーがた）だから、太郎（たろう）も　O型（オーがた）の　はずです。

父母都是O型，所以太郎應該也是O型。

◎はずが　ありません：不可能～（否定該推測的可能性）

■両親（りょうしん）は　O型（オーがた）だから、太郎（たろう）は　A型（エーがた）の　はずが　ありません。

父母都是O型，所以太郎不可能是A型。

實力測驗

問題 I ＿＿＿に　ふさわしい　ものは　どれですか。1・2・3・4から　ひとつ　えらんで　ください。

（　）① どれ＿＿＿　あなたの　ペンですか。
1. や　2. は　3. が　4. を

（　）② あそこに　「入るな」＿＿＿　書いて　あります。
1.に　2. で　3. と　4. へ

（　）③ いそいで　いる＿＿＿、すぐ　出かけます。
1. ので　2. のに　3. でも　4. では

（　）④ 気を　つけて　いた＿＿＿、お金を　なくして　しまいました。
1. ので　2. のに　3. でも　4. から

（　）⑤ 田中さんが　あした　来る＿＿＿　どうか　わかりません。
1. は　2. が　3. か　4. を

（　）⑥ お茶を　のんで　＿＿＿いると、歯の　色が　かわって　きますよ。
1. だけ　2. しか　3. ながら　4. ばかり

（　）⑦ わたしの　国は　野球＿＿＿　さかんです。
1. を　2. が　3. の　4. に

（　）⑧ ねつが　ある＿＿＿、おなかが　いたいから、きょうは　休みます。
1. と　2. し　3. が　4. で

(　) ⑨ 授業は　何時から　始まる＿＿＿　教えて　ください。

1. が　　2. の　　3. を　　4. か

(　) ⑩ 野田さんと　電話＿＿＿　話しました。

1. で　　2. を　　3. と　　4. に

(　) ⑪ わたしは　この　映画を　5回＿＿＿　見た。

1. か　　2. も　　3. で　　4. しか

(　) ⑫ さいふ＿＿＿　ぬすまれて　しまいました。

1. に　　2. で　　3. へ　　4. を

(　) ⑬ 彼に　あまり　しんぱいしないよう＿＿＿　つたえて　ください。

1. な　　2. に　　3. と　　4. を

(　) ⑭ 先生は　学生＿＿＿　教室の　そうじを　させました。

1. に　　2. を　　3. で　　4. へ

(　) ⑮ 11時＿＿＿　家に　帰らなければ　ならない。

1. で　　2. までは　　3. までに　　4. までも

問題 II ＿＿＿に　ふさわしい　ものは　どれですか。1・2・3・4 から　いちばん　いい　ものを　ひとつ　えらんで　ください。

(　) ① この　へやを　＿＿＿　いけません。

1. 出るは　2. 出ますは　3. 出ては　4. 出ないは

(　) ② 教科書を　＿＿＿　答えて　ください。

1. 見ないで　2. 見なくて　3. 見なく　4. 見ずで

(　) ③ 吉田さんは　お酒を　＿＿＿すぎて、体が　悪く　なった。

1. 飲んで　2. 飲む　3. 飲み　4. 飲んだ

(　) ④ あした　チンさんは　たぶん　＿＿＿だろう。

1. 来て　2. 来る　3. 来た　4. 来

(　) ⑤ オートバイが　＿＿＿まま、動かない。

1. とまった　2. とまり　3. とまる　4. とまって

(　) ⑥ 雨でも、会社に　行か＿＿＿。

1. ないでは　なりません　2. なくては　すみません

3. ないでは　いけません　4. なくては　いけません

(　) ⑦ その　本は　きょう　＿＿＿いいです。

1. かえさなくては　2. かえさないでは

3. かえさなくても　4. かえさない

(　) ⑧ 家内が　作ったジュースです。どうぞ、お＿＿＿ください。

1. 飲み　2. 飲む　3. 飲め　4. 飲んで

(　) ⑨ 息子に　＿＿＿と　思って、この　本を　買いました。

1. 読みたい　2. 読みたがる　3. 読ませよう　4. 読ませる

(　) ⑩ お金を　いれて　ボタンを　＿＿＿と、ビールが　出て
きます。

1. おす　　2. おして　　3. おそう　　4. おし

(　) ⑪ 授業が　＿＿＿、映画を　見に　行きましょう。

1. 終わっても　　2. 終わったり　　3. 終わったら　　4. 終わるなら

(　) ⑫ キムさんは　日本語が　＿＿＿らしいです。

1. できよう　　2. できる　　3. できて　　4. でき

(　) ⑬ 電車を　＿＿＿と　したとき、後ろから　おされて
しまいました。

1. おり　　2. おりる　　3. おりた　　4. おりよう

(　) ⑭ ちょっと　お＿＿＿　したいんですが、駅は　どう　行ったら
いいでしょうか。

1. たずね　　2. たずねて　　3. たずねる　　4. たずねよう

(　) ⑮ 花子は　先生に　おこられて、＿＿＿そうな　かおを　して
います。

1. なく　　2. ないた　　3. ないて　　4. なき

問題III ＿＿＿に　ふさわしい　ものは　どれですか。1・2・3・4 から　いちばん　いい　ものを　ひとつ　えらんで ください。

（　）① きのう　予約して　おいたから、あの　人は　来る＿＿＿です。

1. ため　　2. もの　　3. こと　　4. はず

（　）② わたしは　タバコを　やめる＿＿＿に　しました。

1. こと　　2. もの　　3. ところ　　4. ため

（　）③ 「国」と　いう漢字は　＿＿＿　読みますか。

1. どの　　2. どれ　　3. どう　　4. どんな

（　）④ 子どもたちが　歌を　歌って　いる＿＿＿が　聞こえます。

1. そう　　2. の　　3. もの　　4. こと

（　）⑤ クーラーを　つけて　へやを　すずしく　＿＿＿。

1. ありました　　2. いました　　3. なりました　　4. しました

（　）⑥ 太郎は　今　出かけた＿＿＿です。

1. とき　　2. ところ　　3. ほう　　4. こと

（　）⑦ 日本語が　わからないので、友だちに　＿＿＿。

1. おしえて　くれた　　2. おしえて　もらった

3. おしえて　いただけた　　4. おしえて　くださった

（　）⑧ 先週から　きゅうに　寒く　なって　＿＿＿ね。

1. はじめました　　2. いきました

3. きました　　4. ありました

問題IV **＿＿＿に　ふさわしい　ものは　どれですか。1・2・3・4 から　いちばん　いい　ものを　ひとつ　えらんで　ください。**

（　）① A「この　辞書は　だれの　ですか」
B「わたしのです。ここに　名前が　書いて　＿＿＿」
1. います　2. あります　3. おきます　4. みます

（　）② A「おてつだい　しましょうか」
B「＿＿＿」
1. おまたせしました　2. どういたしまして
3. おじゃまします　4. おねがいします

（　）③ A「社長は　今　どちらですか」
B「社長は　社長室に　＿＿＿」
1. いらっしゃいます　2. おっしゃいます
3. おります　4. ございます

（　）④ A「パソコンを　買いたいんですが、どこが　いいですか」
B「パソコンを　＿＿＿、イシマルと　いう店が　安くて　いいです」
1. 買えば　2. 買うと　3. 買ったら　4. 買うなら

（　）⑤ A「電気を　つけましょうか」
B「いいえ、明るいから、＿＿＿」
1. つけなくては　いけません
2. つけなくても　いいです
3. つけたままに　して　ください
4. つけたほうが　いいです

問題Ⅴ ＿＿に 入る ものは どれですか。1・2・3・4から いちばん いい ものを 一つ えらんで ください。

（ ）① 社長は もう ＿＿ ＿＿ ＿★＿ ＿＿ました。

1. に　2. お　3. なり　4. 休み

（ ）② わたしは 娘＿＿ ＿＿ ＿★＿ ＿＿させます。

1. を　2. に　3. 勉強　4. 英語

（ ）③ あの 子は ＿＿ ＿＿ ＿★＿ ＿＿ですね。

1. かわいい　2. 人形　3. に　4. みたい

（ ）④ 今年の 夏は ＿＿ ＿＿ ＿★＿ ＿＿です。

1. 行く　2. フランス　3. つもり　4. へ

（ ）⑤ 木村さんが どこ＿＿ ＿＿ ＿★＿ ＿＿ いますか。

1. か　2. へ　3. 知って　4. 行った

（ ）⑥ わたしは 父＿＿ ＿＿ ＿★＿ ＿＿を 捨てられました。

1. の　2. 本　3. に　4. 漫画

解答

問題 I

① 3	② 3	③ 1	④ 2	⑤ 3
⑥ 4	⑦ 2	⑧ 2	⑨ 4	⑩ 1
⑪ 2	⑫ 4	⑬ 2	⑭ 1	⑮ 3

問題 II

① 3	② 1	③ 3	④ 2	⑤ 1
⑥ 4	⑦ 3	⑧ 1	⑨ 3	⑩ 1
⑪ 3	⑫ 2	⑬ 4	⑭ 1	⑮ 4

問題 III

① 4	② 1	③ 3	④ 2	⑤ 4
⑥ 2	⑦ 2	⑧ 3		

問題 IV

① 2	② 4	③ 1	④ 4	⑤ 2

問題 V

① 1	② 1	③ 3	④ 1	⑤ 1
⑥ 1				

中文翻譯及解析

問題 I

(　) ① どれ＿＿＿　あなたの　ペンですか。

1. や　　2. は　　3. が　　4. を

中譯　哪個是你的筆呢？

解說　「どれ」（哪個）是疑問詞，相關考題非常多樣，不過最難的還是屬「は」和「が」的區分。「は」和「が」的區分可先用最基本的概念，也就是「は」後面為新訊息、而「が」前面為新訊息。這就是所謂的：「已知＋は＋未知」、「未知＋が＋已知」。本題的「どれ」既然是疑問詞，自然為句子中的新訊息，也就是未知的部分，所以後面要加上「が」。故本題應選3。

(　) ② あそこに　「入るな」＿＿＿　書いて　あります。

1. に　　2. で　　3. と　　4. へ

中譯　那裡寫有「禁止進入」。

解說　「思う」（想）、「言う」（說）、「書く」（寫）、「読む」（讀）等等表示思考、語言行為的動詞前加「と」，可以表示此行為的內容。例如「～と思う」表示「我覺得～」、「～と読む」表示「唸作～」。因此本題答案為3。

（　）③ いそいで　いる＿＿＿、すぐ　出かけます。

1. ので　　2. のに　　3. でも　　4. では

中譯　因為很趕，所以馬上要出門。

解說　從選項可先得知本題考接續助詞，接續助詞主要的功能是表示前後二個子句的關係，因此要從前後句的意思來判斷。「急いでいる」是「很趕」的意思，「すぐ出掛けます」則是「要馬上出門」，前後關係為「因為～所以～」，因此要加上表示順態接續的「ので」。故答案為1。

（　）④ 気を　つけて　いた＿＿＿、お金を　なくして　しまいました。

1. ので　　2. のに　　3. でも　　4. から

中譯　明明很小心，但還是弄丟了錢。

解說　此題亦為接續助詞的考題。前句「気をつけていた」是「很小心」、後句「お金をなくしてしまいました」則是「弄丟了錢」。所以前後關係為「雖然～但是～」，中間應加上逆態接續詞。選項1「ので」、4「から」都是表示因果關係，均非正確答案，因此答案要從2「のに」、3「でも」二個逆態接續詞中擇一。而「でも」是表示假定語氣的逆態接續詞、且應該是「名詞＋でも」，故亦非正確答案。所以應選2「のに」，表示「明明～還是～」。此外，「のに」除了是逆態接續詞以外，同時也表現出說話者心中遺憾、懊悔的感覺。

（　）⑤ 田中さんが　あした　来る＿＿＿　どうか　わかりません。

1. は　　2. が　　3. か　　4. を

中譯　不知道田中先生明天會不會來。

解說　「か」原本就有表示二選一的功能。而原本的句子應為「来るか来ないか」（來或不來），再將「来ない」部分以「どう」代替，就成了「来るかどうか」。故答案為3。

(　)⑥ お茶を　のんで　＿＿＿いると、歯の　色が　かわって　きますよ。

　　1. だけ　　2. しか　　3. ながら　　4. ばかり

中譯　一直喝茶的話，牙齒的顏色會變喔！

解說　「だけ」、「しか」、「ばかり」都有表示「只有」的功能。「だけ」單純描述事實；「しか」一定是「しか～ません」否定句中才會出現，表示說話者覺得不足的心理感受；而「ばかり」則有「光、淨」的意思，表示只做這件事，不做其他事。因此本題應選4「ばかり」，表示光喝茶，其他東西都不喝。

(　)⑦ わたしの　国は　野球＿＿＿　さかんです。

　　1. を　　2. が　　3. の　　4. に

中譯　我的國家棒球很流行。

解說　「盛ん」（流行、興盛）為ナ形容詞，其修飾的對象要以「が」來表示。最典型的例子是「象は鼻が長い」（大象鼻子長）。故本題答案為2「が」。

(　)⑧ ねつが　ある＿＿＿、おなかが　いたいから、きょうは　休みます。

　　1. と　　2. し　　3. が　　4. で

中譯　因為發燒、肚子痛，所以今天請假。

解說　「熱がある」（發燒）和「おなかが痛い」（肚子痛）都是「休みます」（請假）的原因，所以要加上「し」，表示原因的並列，故答案為2。

(　)⑨ 授業は　何時から　始まる＿＿＿　教えて　ください。

　　1. が　　2. の　　3. を　　4. か

中譯　請告訴我課程是幾點開始。

解說　此句與本大題第5題相似，但「授業は何時から始まる」子句中已具備疑問詞「何時」，所以不需要用到「～かどうか」句型，而是「疑問句＋か」，故答案為 4。

（　）⑩ 野田さんと　電話＿＿＿　話しました。

1. で　　2. を　　3. と　　4. に

中譯　和野田先生用電話聊過了。

解說　「電話」在本句中是「工具」，所以應加上表示工具、手段的助詞「で」，故答案為1。

（　）⑪ わたしは　この　映画を　5回＿＿＿　見た。

1. か　　2. も　　3. で　　4. しか

中譯　我這部電影看了有五次。

解說　數量詞後加上「も」表示說話者覺得很多的心理狀態。因此這句話顯示了說話者表示看了非常多次的感覺。（若加上「～しか～ません」則相反，表示說話者覺得不足、很少，例如「5回しか見ませんでした」就應解釋為「只看了五次」。）因此答案為2。

（　）⑫ さいふ＿＿＿　ぬすまれて　しまいました。

1. に　　2. で　　3. へ　　4. を

中譯　錢包被偷了。

解說　「盗まれる」是「盗む」（偷竊）的被動形，所以此句為「所有格被動」。「財布」（錢包）是受詞、表示被偷之物品，因此應該加「を」，故答案為4。

（　）⑬ 彼に　あまり　しんぱいしないよう＿＿＿　つたえて　ください。

1. な　　2. に　　3. と　　4. を

中譯　請告訴他不要太擔心。

解說　「よう」的相關用法很多，不過此句前面是「あまり心配しない」（不要太擔心），所以應該是表示希望、目的「ように」句型，因此答案應為2。

(　) ⑭ 先生(せんせい)は　学生(がくせい)＿＿＿　教室(きょうしつ)の　そうじを　させました。

1. に　　2. を　　3. で　　4. へ

中譯　老師要學生打掃教室。

解說　句尾出現了「させました」，因此本句考的是使役句型。「掃除(そうじ)をする」為他動詞，他動詞使役句的使役對象後應加「に」，因此答案為1。

(　) ⑮ １１時(じゅういちじ)＿＿＿　家(いえ)に　帰(かえ)らなければ　ならない。

1. まで　　2. までは　　3. までに　　4. までも

中譯　十一點前一定要回家。

解說　「まで」表示終點，若在「まで」後加上「に」，則表示「此時間前要～」。所以請考生直接將「までに」記為「之前」。故答案為3。

問題 II

（　）① この　へやを ＿＿＿ いけません。

1. 出(で)るは　2. 出(で)ますは　3. 出(で)ては　4. 出(で)ないは

中譯　不可以出這個房間。

解說　「～てはいけません」表示禁止，故答案為3。

（　）② 教科書(きょうかしょ)を ＿＿＿ 答(こた)えて　ください。

1. 見(み)ないで　2. 見(み)なくて　3. 見(み)なく　4. 見(み)ずで

中譯　請不要看課本回答。

解說　「～ないで」表示動作的先後順序「不要～然後～」；「～なくて」表示動作的因果關係「不～所以～」。題目中的「教科書(きょうかしょ)を見(み)ない」（不看課本）和「答(こた)える」（回答）應該為動作的先後順序，所以答案應選1。

（　）③ 吉田(よしだ)さんは　お酒(さけ)を ＿＿＿すぎて、体(からだ)が　悪(わる)く　なった。

1. 飲(の)んで　2. 飲(の)む　3. 飲(の)み　4. 飲(の)んだ

中譯　吉田先生喝太多酒，身體變差了。

解說　本題考的是複合動詞「～過(す)ぎる」（太～），複合動詞的第一動詞應以「ます形」與第二動詞連接，故答案為3。

（　）④ あした　チンさんは　たぶん ＿＿＿だろう。

1. 来(き)て　2. 来(く)る　3. 来(き)た　4. 来(き)

中譯　明天陳先生大概會來吧！

解說　「だろう」表示推測，前面應加動詞常體，且此句推測的是明天會發生的事，所以要用辭書形表示未來式。所以答案為2。

（　）⑤ オートバイが　＿＿＿まま、動かない。

1. とまった　　2. とまり　　3. とまる　　4. とまって

中譯　機車就這樣停住了，動不了。

解說　只要出現表示維持原狀的「～まま」，前面只可能出現「た形」或「ない形」。應此本句應選1。

（　）⑥ 雨でも、会社に　行か＿＿＿。

1. ないでは　なりません　　2. なくては　すみません

3. ないでは　いけません　　4. なくては　いけません

中譯　就算下雨，也不可以不去公司。

解說　句子裡出現表示逆態的接續助詞「でも」，所以後句會有「一定～」、「不得不～」的意思，所以答案應選表示義務的4「なくてはいけません」。

（　）⑦ その　本は　きょう　＿＿＿いいです。

1. かえさなくては　　2. かえさないでは

3. かえさなくても　　4. かえさない

中譯　那本書今天可以不要還。

解說　「～なくてもいいです」表示許可（可以不～），所以答案為3。

（　）⑧ 家内が　作ったジュースです。どうぞ、お＿＿＿ください。

1. 飲み　　2. 飲む　　3. 飲め　　4. 飲んで

中譯　這是內人做的果汁。請用。

解說　「お＋ます形＋ください」是「～てください」的敬語，所以空格內應填入「ます形」，故答案為1。

（　）⑨ 息子（むすこ）に ＿＿＿と 思（おも）って、この 本（ほん）を 買（か）いました。

1. 読（よ）みたい　2. 読（よ）みたがる　3. 読（よ）ませよう　4. 読（よ）ませる

中譯　想要讓兒子讀，就買了這本書。

解說　句子裡有「～と思（おも）う」，而且「息子（むすこ）」（兒子）後面加的是「に」，所以應該和動作的對象有關，因此要將使役形變為意向形，所以答案為3。

（　）⑩ お金（かね）を いれて ボタンを ＿＿＿と、ビールが 出（で）て きます。

1. おす　2. おして　3. おそう　4. おし

中譯　放入錢、一按下按鈕，啤酒就會出來了。

解說　「と」表示「一～就～」，前面應該接辭書形，所以答案為1。

（　）⑪ 授業（じゅぎょう）が ＿＿＿、映画（えいが）を 見（み）に 行（い）きましょう。

1. 終（お）わっても　2. 終（お）わったり　3. 終（お）わったら　4. 終（お）わるなら

中譯　下課後，去看電影吧！

解說　「～たら」表示「～的話」，有「之後」的意思，所以答案為3。

（　）⑫ キムさんは 日本語（にほんご）が ＿＿＿らしいです。

1. できよう　2. できる　3. できて　4. でき

中譯　金先生好像會日文。

解說　「らしい」之前若是動詞或形容詞時，要用常體來連接，因此這裡應該選動詞辭書形，故答案為 2。

（　）⑬ 電車（でんしゃ）を ＿＿＿と したとき、後（うし）ろから おされて しまいました。

1. おり　2. おりる　3. おりた　4. おりよう

中譯　正要下電車的時候，從後面被推了一下。

解說　「意向形＋とする」表示「正要～」，所以答案應選4。

(　) ⑭ ちょっと　お＿＿＿＿したいんですが、駅は　どう　行ったら いいでしょうか。

1. たずね　　2. たずねて　　3. たずねる　　4. たずねよう

中譯　請問一下，車站要怎麼走才好呢？

解說　本題考的是謙讓語的用法，句型是「お＋ます形＋します」，所以答案應選「ます形」的1。

(　) ⑮ 花子は　先生に　おこられて、＿＿＿＿そうな　かおを　して います。

1. なく　　2. ないた　　3. ないて　　4. なき

中譯　花子被老師罵，好像要哭了。

解說　此處的「そう」是表示樣態，表示「看起來～」、「就要～」，前面的動詞應該是「ます形」，所以答案為4。

問題 III

（　）① きのう　予約（よやく）して　おいたから、あの　人（ひと）は　来（く）る＿＿＿です。

1. ため　　2. もの　　3. こと　　4. はず

中譯　因為昨天先預約了，所以那個人應該會來。

解說　因為已經預約了，所以對那個人的到來與否之推測是客觀的，因此要選「はず」，故答案為4。

（　）② わたしは　タバコを　やめる＿＿＿に　しました。

1. こと　　2. もの　　3. ところ　　4. ため

中譯　我決定要戒菸。

解說　「ことにします」表示「要～」、「決定～」，故答案為1。

（　）③「国（くに）」と　いう漢字（かんじ）は　＿＿＿　読（よ）みますか。

1. どの　　2. どれ　　3. どう　　4. どんな

中譯　「国」這個漢字怎麼唸呢？

解說　「どの」和「どんな」後面都要接名詞；而「どれ」本身就是名詞，所以此處只能用「どう」來修飾動詞「読（よ）みます」。故答案為3。

（　）④ 子（こ）どもたちが　歌（うた）を　歌（うた）って　いる＿＿＿が　聞（き）こえます。

1. そう　　2. の　　3. もの　　4. こと

中譯　聽見孩子們正在唱歌。

解說　「の」、「こと」都是形式名詞，但這裡指的是歌聲，較為具體，所以應該用「の」。因此應選2。

( ) ⑤ クーラーを　つけて　へやを　すずしく　＿＿＿。

1. ありました　2. いました　3. なりました　4. しました

中譯　打開冷氣，讓房間涼一點。

解說　「涼(すず)しい」為「イ形容詞」，後面常出現「なります」和「します」。「なります」為自動詞，表示變化，為自動詞。可是「部屋(へや)」後面有「を」表示需要他動詞，因此要選4，表示「讓～」。

( ) ⑥ 太郎(たろう)は　今(いま)　出(で)かけた＿＿＿です。

1. とき　2. ところ　3. ほう　4. こと

中譯　太郎現在剛出門。

解說　「ところ」表示不確定的時間，如果是「辭書形＋ところ」的話，表示「正要～」；「ている形＋ところ」表示「正在～」；「た形＋ところ」表示「剛～」。故答案為2。

( ) ⑦ 日本語(にほんご)が　わからないので、友(とも)だちに　＿＿＿。

1. おしえて　くれた　2. おしえて　もらった

3. おしえて　いただけた　4. おしえて　くださった

中譯　不懂日文，所以請朋友教我。

解說　由於是自己不懂日文，而且「友(とも)だち」（朋友）後面加的是「に」，所以應該是「請～」，後面應該加「もらう」，因此答案為2。

( ) ⑧ 先週(せんしゅう)から　きゅうに　寒(さむ)く　なって　＿＿＿ね。

1. はじめました　2. いきました

3. きました　4. ありました

中譯　從上星期起，突然變冷了起來呢。

解說　本題考的是補助動詞「～てくる」（～來），表示從過去到現在的變化，所以答案為3。

問題Ⅳ

（　）① A「この　辞書（じしょ）は　だれの　ですか」
B「わたしの　です。ここに　名前（なまえ）が　書（か）いて　＿＿＿」
1. います　**2. あります**　3. おきます　4. みます

中譯　A「這本字典是誰的呢？」
B「是我的。這裡寫有名字。」

解說　「他動詞て形＋あります」表示動作結果後，受詞存在的狀態，故答案為2。

（　）② A「おてつだい　しましょうか」
B「＿＿＿」
1. おまたせしました　2. どういたしまして
3. おじゃまします　**4. おねがいします**

中譯　A「我來幫忙吧！」
B「麻煩你了。」

解說　1是「讓你久等了」；2是「不客氣」；3是「打擾了」，所以要選4「麻煩你了」。（這題常有考生誤以為3，但「お邪魔（じゃま）します」通常用於進入他人家中、或是擔心對人有所妨礙時所說的話。）

（　）③ A「社長（しゃちょう）は　今（いま）　どちらですか」
B「社長（しゃちょう）は　社長室（しゃちょうしつ）に　＿＿＿」
1. いらっしゃいます　2. おっしゃいます
3. おります　4. ございます

中譯　A「總經理現在在哪裡呢？」
B「總經理在總經理室裡。」

解說　對社長要使用尊敬語，所以答案為1「いらっしゃいます」。（3「おります」為謙讓語。）

（　）④ A「パソコンを　買いたいんですが、どこが　いいですか」

B「パソコンを　＿＿＿、イシマルと　いう店が　安くて　いいです」

1. 買えば　2. 買うと　3. 買ったら　4. 買うなら

中譯　A「我想買電腦，哪裡好呢？」

B「要買電腦的話，『イシマル』這家店又便宜又好。」

解說　對話中，A想要買電腦，所以應選表示前提的假定「なら」，因此答案為4。

（　）⑤ A「電気を　つけましょうか」

B「いいえ、明るいから、＿＿＿」

1. つけなく　ては　いけません

2. つけなく　ても　いいです

3. つけたままに　して　ください

4. つけたほうが　いいです

中譯　A「（我）來開燈吧！」

B「不用，因為很亮，所以不開也沒關係。」

解說　因為有「明るい」，所以可得知應該是不需要開燈，所以要選表示「可以不～」的2。

問題V

（ ）① 社長は　もう ＿＿＿ ＿＿＿ ＿★＿ ＿＿＿ました。

1. に　　2. お　　3. なり　　4. 休み

重組　社長は　もう　お　休み　に　なり　ました。（2→4→1→3）

中譯　總經理已經休息了。

解說　本題旨在測驗一般尊敬語的使用方式。選項中的「なり」和「休み」都是動詞ます形，都可以連接句尾的「ました」。但是只要了解一般尊敬語的變化方式是將動詞ます形前面加「お」再接「になります」，構成「お＋ます形＋に＋なります」，就知道應該將「なり」放在最後接「ました」，「休み」則是前面加上「お」、後面加上「に」。正確答案為選項1。

（ ）② わたしは　娘＿＿＿ ＿＿＿ ＿★＿ ＿＿＿させます。

1. を　　2. に　　3. 勉強　　4. 英語

重組　わたしは　娘　に　英語　を　勉強　させます。（2→4→1→3）

中譯　我要女兒學英文。

解說　本題旨在測驗使役句的相關結構。當使役句存在「に」、「を」這二個助詞時，請毫不猶豫地直接將「に」放在表「人」的名詞之後，因此「娘」後面就是要接「に」。選項中的「勉強」和「英語」都是名詞，後面都可以接「を」，但是「勉強」是典型的表示「事情」的名詞，較適合放在後面接動詞語尾「させます」。然後再將「を」放在「英語」之後，成為「勉強させます」的受詞最恰當。正確答案為1。

(　)③ あの　子は　＿＿　＿＿　＿★＿　＿＿ですね。

1. かわいい　　2. 人形　　3. に　　4. みたい

重組　あの　子は　人形　みたい　に　かわいい　ですね。（2→4→3→1）

中譯　那孩子長得像洋娃娃一樣可愛耶。

解說　本題旨在測驗比喻句型「～みたい」的相關用法。「～みたい」（好像～）要直接放在名詞之後，所以「人形」後面一定要接「みたい」構成「人形みたい」。「みたい」和「かわいい」都可以放在句尾接「です」，所以關鍵在於「に」這個選項的功能為何。「かわいい」是個イ形容詞，無論如何都不會和「に」有任何關係。而「みたい」如果放在句子中間修飾後面的結構時需要加上「に」，所以構成「人形みたい＋に＋かわいい」才恰當。正確答案為3。

(　)④ 今年の　夏は　＿＿　＿＿　＿★＿　＿＿です。

1. 行く　　2. フランス　　3. つもり　　4. へ

重組　今年の　夏は　フランス　へ　行く　つもり　です。（2→4→1→3）

中譯　今年夏天打算去法國。

解說　本題旨在測驗意向相關句型「～つもり」。「～つもり」表示「打算～」，雖然屬於意向句型之一，但是本身的詞性屬於名詞。所以應該先將地點名詞「フランス」之後加上表示方向的助詞「へ」再接移動動詞「行く」。因為「行く」為辭書形，後面可以接帶有名詞性質的「つもり」沒問題。正確答案為1。

（　）⑤ 木村（きむら）さんが　どこ＿＿＿　＿＿＿　＿★＿　＿＿＿　いますか。

1. か　　2. へ　　3. 知（し）って　　4. 行（い）った

重組　木村（きむら）さんが　どこ へ　行（い）った か　知（し）って　いますか。（2→4→1→3）

中譯　你知道木村先生去了哪裡嗎？

解說　本題旨在測驗「疑問詞句＋か」構成的複句。句尾有「〜います」，因此前面應該加上動詞て形較合理，所以「知（し）って」應放在最後一格。「どこ」是地點疑問詞，後面應上表示方向的助詞「へ」之後再接移動動詞「行（い）った」，最後加上疑問助詞「か」才能構成複句中的子句。故正確答案為1。

（　）⑥ わたしは　父（ちち）＿＿＿　＿＿＿　＿★＿　＿＿＿を　捨（す）てられました。

1. の　　2. 本（ほん）　　3. に　　4. 漫画（まんが）

重組　わたしは　父（ちち）に　漫画（まんが）の　本（ほん）を　捨（す）てられました。（3→4→1→2）

中譯　我被爸爸給丟掉了漫畫書。

解說　本題旨在測驗被動句的相關結構。從句首的主詞「わたしは」和句尾的「捨（す）てられました」（被丟掉）可判斷漫畫書應該不是父親的。既然確定是被動句，除了主詞外的另一個人應該為句子裡的行為者，而這個行為者在被動句裡視為對象，因此應在「父（ちち）」之後加上「に」。而「漫画（まんが）」和「本（ほん）」二個名詞之間加上助詞「の」連接，構成整個句子的受詞最恰當。正確答案為1。

第三單元

讀　解

讀解準備要領

新日檢N4的「讀解」分為三大題。第一大題為短篇（約100～200字）閱讀測驗；第二大題為中篇（約450字）閱讀測驗；第三大題是「資訊檢索」，會出現介紹、通知之類的內容（約400字），考生必須從中找出需要的資訊來作答。

新日檢的目的，是「互動」的日語，而不是「單向」的日語。建議所有學習者及考生，多加接觸各種和日語有關的事物，例如小說、報紙、電視劇、綜藝節目、新聞，才能在新日檢得到好成績，也才能將日語學好。

文章閱讀解析

一　本文

王さんは　日本語学校で　半年　日本語を　勉強しました。今　大阪の　本屋で　働いて　います。仕事は　月曜日から　金曜日までです。仕事は　6時ごろ　終わります。仕事が　終わってから、すぐ　アパートへ　帰らないで、食堂で　晩ご飯を　食べてから、帰ります。帰ってから、テレビを　見たり、国の　両親に　電話したり　します。

土曜日は　よく　近くの　喫茶店へ　行って、コーヒーを　飲みながら、本を　読みます。この　店は　高いですが、静かだし、それに　店の　人も　親切ですから、王さんは　ここが　好きです。

質問：

Q1. 王さんは　今　日本語学校で　日本語を　勉強して　いますか。

A：

Q2. 王さんは　アパートで　晩ご飯を　食べますか。

A：

Q3. 王さんは　なぜ　その　店へ　よく　行きますか。

A：

二　解析

第一段

王さんは　日本語学校で　半年　日本語を　勉強しました。今　大阪の　本屋で　働いて　います。仕事は　月曜日から　金曜日までです。仕事は　6時ごろ　終わります。仕事が　終わってから、すぐ　アパートへ　帰らないで、食堂で　晩ご飯を　食べてから、帰ります。帰ったら、テレビを　見たり、国の　両親に　電話したり　します。

中譯

王小姐在日本語學校學了半年日文。現在在大阪的書店工作。工作從星期一到星期五。工作六點左右結束。工作結束之後，不馬上回公寓，在餐廳吃完晚飯後再回家。回家之後，會看電視、打電話給家鄉的父母。

句型

「～てから」：表示前面的動作要先完成，再進行下一個動作，常翻譯為「（先）～之後，（再）～」。

「～ないで」：表示動作的順序，但前面的動作為不進行之行為，常翻譯為「不～然後～」。

「～たら」：假定用法，可翻譯為「～的話」或是「～之後」。

「～たり～たりします」：表示動作的舉例，意味著還有其他行為沒有舉出。

第二段

土曜日は　よく　近くの　喫茶店へ　行って、コーヒーを　飲みながら、本を　読みます。この　店は　高いですが、静かだし、それに　店の　人も　親切ですから、王さんは　ここが　好きです。

中譯

星期六常去附近的咖啡廳，一邊喝咖啡一邊看書。這家店雖然很貴，但是很安靜、而且店裡的人也很親切，所以王小姐很喜歡這裡。

句型

「～ながら」：表示動作同時進行，常翻譯為「一邊～一邊～」。

「～が」：接續助詞，表逆態接續，常翻譯為「雖然～但是～」。

「～し」：表示原因、理由的並列，意味著還有其他理由沒有舉出。

「～から」：接續助詞，表因果關係，常翻譯為「因為～所以～」。

質問：

Q1. 王さんは　今　日本語学校で　日本語を　勉強して　いますか。

王小姐現在在日本語學校學日文嗎？

A：いいえ、今　大阪の　本屋で　働いて　います。

不，現在在大阪的書店工作。

Q2. 王さんは　アパートで　晩ご飯を　食べますか。

王小姐在公寓裡吃晚飯嗎？

A：いいえ、食堂で　晩ご飯を　食べます。

不，在餐廳吃晚飯。

Q3. 王さんは　なぜ　その　店へ　よく　行きますか。

王小姐為什麼常去那家店呢？

A：静かだし、それに　店の　人も　親切ですから。

因為很安靜，而且店裡的人也很親切。

實力測驗

問題 I

寒く　なりましたが、木村さん、お元気ですか。こちらへ　仕事に　来てから、3週間に　なります。大阪の　人は　親切で、本屋の　先輩も　いい　人ですから、今は　何も　問題が　ありません。この　間、国から　来た姉と　いっしょに　京都へ　行きました。とても　きれいな　所でした。また　行きたいと　思います。

仕事は　忙しいですが、おもしろいです。日本は　サービス業が　進んで　いますから、いい　勉強に　なると　思います。

じゃ、また　手紙を　書きます。木村さんも　毎日　忙しいと　思いますが、どうぞ　お元気で。お母さんにも　よろしく。

12月20日

王美恵

木村次郎様

問1　この　手紙は　誰が　誰に　書いたものですか。

1. 木村さんが　王さんに　書いたものです。
2. 王さんが　木村さんに　書いたものです。
3. 木村さんが　お母さんに　書いたものです。
4. 王さんが　お母さんに　書いたものです。

問2　王さんは　誰を　京都へ　連れて　行きましたか。

1. お母さん
2. お姉さん
3. 先輩
4. 友だち

問題 II

クリスマスパーティーの　お知らせ

クリスマスパーティーを　します。
プレゼントこうかんを　しますので、
1000円ぐらいの　品物を　持って　きて　ください。
みんなで　ゲームを　しますので、
楽しい　ゲームを　たくさん　考えて　きて　ください。

12月24日（金）7時
留学生会館

出席する人は　12月20日までに　申し込んで　ください。

12月14日
キム

問3　クリスマスパーティーには、何を　持って　いかなければ　なりませんか。

1. 1000円です。
2. プレゼントです。
3. ゲームです。
4. ケーキです。

問題III

陳さんは　桃園空港の　近くに　住んで　います。会社は　台北に　ありますが、高速鉄道が　あって、会社から　うちまで　30分しか　かかりません。

陳さんは　できるだけ　会社から　近い　ところに　うちを　買いたいと　思って　いました。でも、台北は　高くて、買えませんでした。それで、今　住んで　いる所に　決めました。毎日　ここから　高速鉄道で　会社に　通うのは　お金が　かかりますが、空気が　きれいだし、静かだし、うちの　そばに　きれいな　公園も　あるし、それに、近くに　ある野球場で　プロ野球の　試合を　見ることも　できるから、とても　いい　所だと　思います。

陳さんの　うちには　奥さんの　妹さんも　いっしょに　住んで　います。ことし、20歳で、桃園の　大学で　勉強して　います。妹さんは　大学を　出たら、航空会社で　働きたいと　思って　います。だから、夜は　近くの　コンビニで　アルバイトを　して　いますが、日曜日は　台北の　英会話学校に　通って　います。

問4　陳さんは　なぜ　台北に　家を　買いませんでしたか。

1. 空気が　汚かったからです
2. 会社に　遠かったからです。
3. 家の　値段が　高かったからです。
4. 妹さんの　大学が　桃園に　あったからです。

問5　妹さんは　なぜ　台北の　英会話学校に　通って　いますか。

1. コンビニで　アルバイトを　しようと　思って　いるからです。
2. 将来　航空会社で　働こうと　思って　いるからです。
3. 卒業しようと　思って　いるからです。
4. アメリカへ　留学しようと　思って　いるからです。

問題IV

A 地震

日本は地震の多い国である。1年間に千回ぐらいある。この回数を聞くと、外国人はたいていびっくりする。しかし、日本人は小さい地震なら、あまり心配しない。日本では地震の研究が進んでいるので、丈夫な建物が多い。だから、地震があっても、建物が倒れることはあまりないのである。お寺や大仏など、昔の古い物も倒れずに、たくさん残っている。

もし、地震が起きたら、どうしたらいいのか。火を使っていれば、すぐその火を消さなければならない。家が倒れるより火事になる方が危険なのである。それから、戸や窓を開けて、すぐ外へ出ない方が安全である。もし、上から何か落ちてきたら、危ないですから、机やベッドなどの下に入る。1分ぐらいたてば、地震が続いていても、大丈夫だから、火やガスなどが安全かどうか、調べる。大きい地震があった時は、ラジオやテレビで放送するから、よく聞いて、正しいニュースを知ることが大切である。

外にいる時、地震が起きたら、建物のそばを歩かないほうがいい。特に高いビルのそばは危険である。窓のガラスが割れて、落ちてくることが多いからである。

（東京外国語大学付属日本語学校『初級日本語』による）

問6　地震が起きた時、火を使っていたら、どうしなければなりませんか。

1. すぐ外へ出なければなりません。
2. すぐ戸や窓を開けなければなりません。
3. すぐ机やベッドの下に入らなければなりません。
4. すぐ火を消さなければなりません。

問7　地震が起きたら、すぐ外へ出たほうがいいですか。どうしてですか。

1. はい、すぐ外へ出たほうがいいです。部屋の上から何か落ちてきますから。
2. いいえ、すぐ外へ出ないほうがいいです。窓のガラスが割れて、落ちてきますから。
3. はい、すぐ外へ出たほうがいいです。ドアが開かなくなりますから。
4. いいえ、すぐ外へ出ないほうがいいです。建物が倒れますから。

問8　外にいる時、地震が起きたら、どんなことに気をつけなければなりませんか。

1. 火やガスが安全かどうか、調べることです。
2. ビルのそばを歩かないようにすることです。
3. ラジオをよく聞いて、正しいニュースを知ることです。
4. 火事にならないようにすることです。

問9　日本では、どうして地震で建物が倒れることがあまりありませんか。

1. 小さい地震ばかりだからです。
2. 地震の研究が進んでいるからです。
3. 1年間に千回だけあるからです。
4. 地震の予知ができるからです。

問題Ⅴ

問題Ⅳのa「地震」とつぎのBを読んで、質問に答えてください。答えは1・2・3・4からいちばんいいものをひとつえらんでください。

B 日本は地震の多い国です。地震の前と地震が来た時にどうしたらよいかを読みなさい。

地震の前	① 水、食料、ラジオ、薬などを用意しておく。
	② 高いところのものが落ちてこないか調べておく。
	③ たんすや本棚を壁につけておく。
	④ 家族や友だちと、会うところや連絡方法を決めておく。

地震が来たら	① 火を消す。
	② 机など丈夫なものの下に入る。
	③ すぐ外に出ない。
	④ 窓やドアが開かなくなるので、開けておく。
	⑤ エレベーターは使わない。
	⑥ ラジオやテレビで正しい情報を知る。

問10　A「地震」で「もし、上から何か落ちてきたら、危ないですから」とありますが、B「地震の前」の①・②・③・④のどれが、それと関係がありますか。ふたつえらんでください。

1. ①と②です。
2. ③と④です。
3. ①と④です。
4. ②と③です。

問11　Bの「地震が来たら」の中で、A「地震」の文章の中にないものはどれですか。

1. すぐ外に出ない。

2. 窓やドアが開かなくなるので、開けておく。

3. エレベーターは使わない。

4. ラジオやテレビで正しい情報を知る。

問題Ⅵ

つぎのCとDを読んで、質問に答えてください。答えは1・2・3・4からいちばんいいものを一つえらんでください。

C

あなたの外国生活適応度　（a：1点　b：2点　c：3点）	
□1. 料理ができますか。	a. インスタント食品は作れる。 b. 簡単な料理がいろいろ作れる。 c. 料理が上手だ。
□2. 健康ですか。	a. よく病気になる。 b. ときどき病気になる。 c. いつも元気だ。
□3. 知らないところに1人で行けますか。	a. 1人では行きたくない。 b. 地図を書いてもらったら行ける。 c. 住所と地図があったら行ける。
□4. 買い物が上手ですか。	a. スーパーだったら買える。 b. いろいろな店で買える。 c. 店の人と話して、高いものを安く買える。
□5. はじめて会った人とすぐ話せますか。	a. 知らない人とはすぐ話せない。 b. 紹介してもらったら話せる。 c. 知らない人とすぐ話せる。
□6. きらいな食べ物がありますか。	a. きらいなものが多い。 b. きらいなものが少ない。 c. 何でも食べられる。
□7. どこでも寝られますか。	a. 自分の部屋でしか寝られない。 b. ホテルや友だちの家でもよく寝られる。 c. どこでも寝られる。

□8. 人の前で歌えますか。	a. 歌えない。 b. 友だちといっしょにだったら歌える。 c. 1人で歌える。

20点～24点	どこでもだいじょうぶ
11点～19点	がんばったらだいじょうぶ
10点以下	外国の生活はちょっとたいへん
	合計＿＿＿＿＿

（筑波ランゲージグループ『Situational functional Japanese (Volume2)』による）

D

	1	2	3	4	5	6	7	8	合計
田中	a	c	b	a	a	b	a	a	12
ジム	c	a	a	b	b	c	b	a	15
王	c	b	c	c	a	b	c	c	20
トム	b	b	c	a	a	c	b	b	16

問12　4人の中で、ほかのところで寝られないのは誰ですか。

1. 田中さんです。
2. ジムさんです。
3. 王さんです。
4. トムさんです。

問13　4人の中で、はじめて会った人とすぐ話せないが、買い物が上手な人は誰ですか。

1. 田中さんです。
2. ジムさんです。
3. 王さんです。
4. トムさんです。

解答

問題 I	問1　2	問2　2		
問題 II	問3　2			
問題 III	問4　3	問5　2		
問題 IV	問6　4	問7　2	問8　2	問9　2
問題 V	問10　4	問11　3		
問題 VI	問12　1	問13　3		

中文翻譯及解析

問題 I

寒く　なりましたが、木村さん、お元気ですか。こちらへ　仕事に　来てから、3週間に　なります。大阪の　人は　親切で、本屋の　先輩も　いい　人ですから、今は　何も　問題が　ありません。この　間、国から　来た　姉と　いっしょに　京都へ　行きました。とても　きれいな　所でした。また　行きたいと　思います。

中譯　變冷了，木村先生，你好嗎？我來這邊工作，已經快三個星期了。大阪人很親切，書店裡的前輩也是很好的人，所以現在沒有任何問題。前一陣子，我和從老家來的姊姊一起去了京都。真是個非常漂亮的地方。我還想再去。

句型　「～たい」：表「願望」，常翻譯為「想～」。

仕事は　忙しいですが、おもしろいです。日本は　サービス業が　進んで　いますから、いい　勉強に　なると　思います。

じゃ、また　手紙を　書きます。木村さんも　毎日　忙しいと　思いますが、どうぞ　お元気で。お母さんにも　よろしく。

12月20日

王美恵

木村次郎様

中譯　工作雖然很忙碌，但很有意思。因為日本服務業很進步，所以我覺得可以學到很多。

那麼，我再寫信給你。我想木村先生也是每一天都很忙，所以請多保重。也請幫我問候令堂。

十二月二十日

王美惠

木村次郎先生

問1　この　手紙（てがみ）は　誰（だれ）が　誰（だれ）に　書（か）いたものですか。

這封信是誰寫給誰的呢？

1. 木村（きむら）さんが　王（おう）さんに　書（か）いたものです。

　是木村先生寫給王小姐的。

2. 王（おう）さんが　木村（きむら）さんに　書（か）いたものです。

　是王小姐寫給木村先生的。

3. 木村（きむら）さんが　お母（かあ）さんに　書（か）いたものです。

　是木村先生寫給母親的。

4. 王（おう）さんが　お母（かあ）さんに　書（か）いたものです。

　是王小姐寫給母親的。

問2　王（おう）さんは　誰（だれ）を　京都（きょうと）へ　連（つ）れて　行（い）きましたか。

王小姐帶了誰去京都呢？

1. お母（かあ）さん

　母親

2. お姉（ねえ）さん

　姊姊

3. 先輩（せんぱい）

　前輩

4. 友（とも）だち

　朋友

問題Ⅱ

クリスマスパーティーの　お知らせ

クリスマスパーティーを　します。

プレゼントこうかんを　しますので、

1000円ぐらいの　品物を　持って　きて　ください。

みんなで　ゲームを　しますので、

楽しい　ゲームを　たくさん　考えて　きて　ください。

１2月 2 4日（金）7時

留学生会館

出席する人は　１2月20日までに　申し込んで　ください。

１2月 1 4日

キム

中譯

聖誕派對通知

要舉行聖誕派對。
因為要交換禮物，
所以請帶一千日圓左右的東西來。
因為要大家一起玩遊戲，
請想很多好玩的遊戲來。

十二月二十四日（星期五）七點
留學生會館

要參加的人請在十二月二十日前報名。

十二月十四日
金

單字　お知（し）らせ：通知　こうかん：交換
品物（しなもの）：貨品、東西　申（もう）し込（こ）む：申請、報名

句型　「～ぐらい」：置於量詞之後，表示大致的程度，常翻譯為「～左右」。
「～までに」：表示「～之前」。

問3　クリスマスパーティーには、何（なに）を　持（も）って　いかなければ　なりませんか。

聖誕派對上，一定要帶什麼東西去呢？

1. 1000円（せんえん）です。

　一千日圓。

2. プレゼントです。

　禮物。

3. ゲームです。

　遊戲。

4. ケーキです。

　蛋糕。

問題Ⅲ

陳（ちん）さんは　桃園空港（とうえんくうこう）の　近（ちか）くに　住（す）んで　います。会社（かいしゃ）は　台北（タイペイ）に　ありますが、高速鉄道（こうそくてつどう）が　あって、会社（かいしゃ）から　うちまで　３０分（さんじゅっぷん）しか　かかりません。

中譯　陳先生住在桃園機場附近。雖然公司在台北，但是因為有高鐵，所以從公司到家裡只要三十分鐘。

句型　「～しか～ません」：表示說話者覺得「少」的概念，常翻譯為「只有～」。

> 陳さんは　できるだけ　会社から　近い　ところに　うちを　買いたいと　思って　いました。でも、台北は　高くて、買えませんでした。それで、今　住んで　いる所に　決めました。毎日　ここから　高速鉄道で　会社に　通うのは　お金が　かかりますが、空気が　きれいだし、静かだし、うちの　そばに　きれいな　公園も　あるし、それに、近くにある野球場で　プロ野球の　試合を　見ることも　できるから、とてもいい　所だと　思います。

中譯　陳先生本來想要盡可能把房子買在離公司近的地方。但是，台北（的房子）很貴，買不起。所以，決定住在現在住的地方。雖然每天從這裡搭高鐵上班很花錢，但是因為空氣清新，又很安靜，房子旁邊還有漂亮的公園，而且可以在附近的棒球場看職棒比賽，所以他覺得是個非常好的地點。

句型　「でも」：接續詞，表逆態接續，常翻譯為「但是～」。

「それで」：接續詞，表因果關係，常翻譯為「所以～」。

陳(ちん)さんの　うちには　奥(おく)さんの　妹(いもうと)さんも　いっしょに　住(す)んで　います。ことし、20歳(はたち)で、桃園(とうえん)の　大学(だいがく)で　勉強(べんきょう)して　います。妹(いもうと)さんは　大学(だいがく)を　出(で)たら、航空会社(こうくうがいしゃ)で　働(はたら)きたいと　思(おも)って　います。だから、夜(よる)は　近(ちか)くの　コンビニで　アルバイトを　して　いますが、日曜日(にちようび)は　台北(タイペイ)の　英会話学校(えいかいわがっこう)に　通(かよ)って　います。

中譯　陳先生家裡還住著太太的妹妹。今年二十歲，在桃園的大學讀書。小姨子大學畢業後想在航空公司工作。所以她晚上在附近的便利商店打工，星期天則到台北學英文。

句型　「だから」：接續詞，表因果關係，常翻譯為「所以～」。

「～は～が～は～」：表「對比」的句型。

問4 陳(ちん)さんは　なぜ　台北(タイペイ)に　住(す)みませんでしたか。

陳先生為什麼不住台北呢？

1. 空気(くうき)が　汚(きたな)かったからです。

因為空氣不好。

2. 会社(かいしゃ)に　遠(とお)かったからです。

因為離公司遠。

3. 家(いえ)の　値段(ねだん)が　高(たか)かったからです。

因為房價很貴。

4. 妹(いもうと)さんの　大学(だいがく)は　桃園(とうえん)に　あったからです。

因為小姨子的大學在桃園。

問5 妹(いもうと)さんは　なぜ　台北(タイペイ)の　英会話学校(えいかいわがっこう)に　通(かよ)って　いますか。

小姨子為什麼要到台北學英文呢？

1. コンビニで　アルバイトを　しようと　思(おも)って　いるからです。

因為想在便利商店打工。

2. 将来(しょうらい)　航空会社(こうくうがいしゃ)で　働(はたら)こうと　思(おも)って　いるからです。

因為將來想在航空公司工作。

3. 卒業(そつぎょう)しようと　思(おも)って　いるからです。

因為想畢業。

4. アメリカへ　留学(りゅうがく)しようと　思(おも)って　いるからです。

因為想去美國留學。

問題IV

A 地震

日本は地震の多い国である。1年間に千回ぐらいある。この回数を聞くと、外国人はたいていびっくりする。しかし、日本人は小さい地震なら、あまり心配しない。日本では地震の研究が進んでいるので、丈夫な建物が多い。だから、地震があっても、建物が倒れることはあまりないのである。お寺や大仏など、昔の古い物も倒れずに、たくさん残っている。

中譯　A 地震

日本是地震很多的國家。一年有一千次左右。一聽到這個次數，外國人通常會嚇一跳。但是，如果是小地震的話，日本人不太會擔心。在日本，因為地震的研究很進步，所以堅固的建築物很多。所以就算發生地震，建築物也不常倒塌。佛寺、大佛等等過去古老的建築物也都沒倒，留下很多。

單字　たいてい：大致上、大概　びっくりする：嚇一跳

あまり～ない：不太～　進む：前進、進步

句型　「～と」：接續助詞，表必然的結果，常翻譯為「一～就～」。

「しかし」：接續詞，表逆態接續，常翻譯為「但是～」。

「～なら」：表前提的假定，常翻譯為「～的話」。

「～ので」：接續助詞，表因果關係，常翻譯為「因為～所以～」。

「～ても」：表逆態假定，常翻譯為「即使～也～」。

「～ずに」：否定形（ない形）之古語用法之一，即為現代文之「～ないで」，常翻譯為「不～」。

もし、地震が起きたら、どうしたらいいのか。火を使っていれば、すぐその火を消さなければならない。家が倒れるより火事になる方が危険なのである。それから、戸や窓を開けて、すぐ外へ出ない方が安全である。もし、上から何か落ちてきたら、危ないですから、机やベッドなどの下に入る。１分ぐらいたてば、地震が続いていても、大丈夫だから、火やガスなどが安全かどうか、調べる。大きい地震があった時は、ラジオやテレビで放送するから、よく聞いて、正しいニュースを知ることが大切である。

中譯　如果發生地震的話，該怎麼辦才好呢？如果正在用火，一定要立刻關火。因為比起房屋倒塌，釀成火災還更危險。然後，打開門窗，不要立刻出去比較安全。因為如果從上方掉些什麼的話，會很危險，所以要進到桌子或床等等的底下。如果經過一分鐘左右，就算地震還在持續也沒關係，所以要檢查用火及瓦斯是否安全。發生大地震的時候，收音機或電視上會廣播，所以要仔細聆聽，了解正確的訊息是很重要的。

單字　～より：比起～　　戸：門

續く：持續　　放送：播放

句型　「～たら」：假定用法，常翻譯為「～的話」。

「～ば」：假定用法，常翻譯為「如果～」。

「～なければならない」：表「義務」句型，常翻譯為「不得不～」、「一定要～」。

「～ない方が」：表「建議」句型，表示「不要～比較好」。

「～かどうか」：表不確定，常翻譯為「是否～」。

> 外にいる時、地震が起きたら、建物のそばを歩かないほうがいい。特に高いビルのそばは危険である。窓のガラスが割れて、落ちてくることが多いからである。

中譯　在外面的時候，如果發生地震，不要走在建築物旁比較好。尤其高樓的旁邊很危險。因為常常會有窗戶的玻璃破掉、掉下來。

單字　そば：旁邊　　ガラス：玻璃

割れる：破掉

問6　地震が起きた時、火を使っていたら、どうしなければなりませんか。

發生地震的時候，如果正在用火，一定要怎麼做？

1. すぐ外へ出なければなりません。

   一定要立刻到外面去。

2. すぐ戸や窓を開けなければなりません。

   一定要立刻開門、開窗。

3. すぐ机やベッドの下に入らなければなりません。

   一定要立刻進到桌子、床底下。

4. <u>すぐ火を消さなければなりません。</u>

   <u>一定要立刻關火。</u>

問7　地震が起きたら、すぐ外へ出たほうがいいですか。どうしてですか。

發生地震的話，立刻到外面去比較好嗎？為什麼呢？

1. はい、すぐ外へ出たほうがいいです。部屋の上から何か落ちてきますから。

是的，立刻到外面去比較好。因為房間會有東西從上面掉下來。

2. いいえ、すぐ外へ出ないほうがいいです。窓のガラスが割れて、落ちてきますから。

不，不要立刻到外面去比較好。因為窗戶的玻璃會破掉、掉下來。

3. はい、すぐ外へ出たほうがいいです。ドアが開かなくなりますから。

是的，立刻到外面去比較好。因為門會打不開。

4. いいえ、すぐ外へ出ないほうがいいです。建物が倒れますから。

不，不要立刻到外面去比較好。因為建築物會倒塌。

問8　外にいる時、地震が起きたら、どんなことに気をつけなければなりませんか。

在外面的時候，如果發生地震，一定要小心什麼呢？

1. 火やガスが安全かどうか、調べることです。

要檢查用火及瓦斯是否安全。

2. ビルのそばを歩かないようにすることです。

要注意不要走在大樓旁。

3. ラジオをよく聞いて、正しいニュースを知ることです。

要仔細聽收音機，了解正確的訊息。

4. 火事にならないようにすることです。

要小心不要引起火災。

問9　日本では、どうして地震で建物が倒れることがあまりありませんか。

在日本，為什麼建築物不太會因地震而倒塌？

1. 小さい地震ばかりだからです。

因為全都是小地震。

2. 地震の研究が進んでいるからです。

因為地震的研究很進步。

3. １年間に千回だけあるからです。

因為一年只有一千次左右。

4. 地震の予知ができるからです。

因為能預知地震。

問題Ⅴ

問題Ⅴ のA「地震」とつぎのBを読んで、質問に答えてください。答えは1・2・3・4からいちばんいいものをひとつえらんでください。

B 日本は地震の多い国です。地震の前と地震が来た時にどうしたらよいかを読みなさい。

地震の前	① 水、食料、ラジオ、薬などを用意しておく。
	② 高いところのものが落ちてこないか調べておく。
	③ たんすや本棚を壁につけておく。
	④ 家族や友だちと、会うところや連絡方法を決めておく。

地震が来たら	① 火を消す。
	② 机など丈夫なものの下に入る。
	③ すぐ外に出ない。
	④ 窓やドアが開かなくなるので、開けておく。
	⑤ エレベーターは使わない。
	⑥ ラジオやテレビで正しい情報を知る。

中譯　請看 問題Ⅳ 的A「地震」和以下的B來回答問題，解答請從 1・2・3・4 中，選出一個最適當的答案。

B 日本是地震很多的國家。請閱讀地震之前和地震發生時要做什麼才好。

地震前	① 先準備水、食物、收音機、藥品等。
	② 先檢查是否有高處的東西會掉下來。
	③ 先將櫃子、書架固定在牆壁上。
	④ 跟家人及朋友決定好見面的地點、聯絡的方式。

地震來了的話	① 關火。
	② 進到桌子等等堅固的東西底下。
	③ 不要立刻到外面去。
	④ 因為門窗會打不開，所以要先開好。
	⑤ 不要使用電梯。
	⑥ 用收音機或電視了解正確的訊息。

單字　用意（ようい）：準備　　たんす：櫃子

句型　「～なさい」：「請～」，表示輕微的命令，常用在考題上。

「～ておく」：補助動詞，在此表示「事前準備」，所以可翻譯為「先～」。

問10　A「地震」で「もし上から何か落ちてきたら、危ないですから」とありますが、B「地震の前」の①・②・③・④のどれが、それと関係がありますか。ふたつえらんでください。

在A「地震」中，提到了「因為如果從上面掉些什麼下來的話，很危險」，B「地震前」的 ①・②・③・④ 的哪一個和它有關？請選出二個。

1. ①と②です。

①和②。

2. ③と④です。

③和④。

3. ①と④です。

①和④。

4. ②と③です。

②和③。

問11　Bの「地震が来たら」の中で、A「地震」の文章の中にないものはどれですか。

在B「地震來了的話」中，哪一項是A「地震」的文章裡沒有的呢？

1. すぐ外に出ない。

不要立刻到外面去。

2. 窓やドアが開かなくなるので、開けておく。

因為門窗會打不開，所以要先開好。

3. エレベーターは使わない。

不要使用電梯。

4. ラジオやテレビで正しい情報を知る。

用收音機或電視了解正確的訊息。

問題VI

つぎのCとDを読んで、質問に答えてください。答えは1・2・3・4からいちばんいいものを一つえらんでください。

中譯　請看以下的C和D，然後回答問題。從1・2・3・4中，選出一個最適當的答案。

C

あなたの外国生活適応度　（a：1点　b：2点　c：3点）	
□1. 料理ができますか。	a. インスタント食品は作れる。 b. 簡単な料理がいろいろ作れる。 c. 料理が上手だ。
□2. 健康ですか。	a. よく病気になる。 b. ときどき病気になる。 c. いつも元気だ。
□3. 知らないところに1人で行けますか。	a. 1人では行きたくない。 b. 地図を書いてもらったら行ける。 c. 住所と地図があったら行ける。
□4. 買い物が上手ですか。	a. スーパーだったら買える。 b. いろいろな店で買える。 c. 店の人と話して、高いものを安く買える。
□5. はじめて会った人とすぐ話せますか。	a. 知らない人とはすぐ話せない。 b. 紹介してもらったら話せる。 c. 知らない人とすぐ話せる。

□6. きらいな食べ物がありますか。	a. きらいなものが多い。 b. きらいなものが少ない。 c. 何でも食べられる。
□7. どこでも寝られますか。	a. 自分の部屋でしか寝られない。 b. ホテルや友だちの家でもよく寝られる。 c. どこでも寝られる。
□8. 人の前で歌えますか。	a. 歌えない。 b. 友だちといっしょにだったら歌える。 c. 1人で歌える。

中譯

C

你的國外生活適應度	（a：一分　b：二分　c：三分）
□1. 會做菜嗎？	a. 會做速食食品。 b. 會做各種簡單的菜。 c. 很會做菜。
□2. 健康嗎？	a. 常常生病。 b. 偶爾生病。 c. 總是很有活力。
□3. 能一個人去不熟悉的地方嗎？	a. 不想一個人去。 b. 請人家畫地圖的話，就能去。 c. 有地址和地圖的話，就能去。
□4. 很會買東西嗎？	a. 超市的話就會買。 b. 在很多店都會買。 c. 可以和店員說話，便宜地買到貴的東西。

□5. 能馬上和第一次見面的人說話嗎？	a. 無法立刻和不認識的人說話。 b. 請人家介紹的話就敢說。 c. 和不認識的人能立刻說話。
□6. 有討厭的食物嗎？	a. 討厭的東西很多。 b. 討厭的東西很少。 c. 什麼都能吃。
□7. 在哪裡都睡得著嗎？	a. 只在自己的房間睡得著。 b. 在飯店、朋友家都睡得很好。 c. 在哪裡都能睡。
□8. 敢在其他人面前唱歌嗎？	a. 不敢唱歌。 b. 和朋友一起的話，就敢唱。 c. 敢一個人唱歌。

單字　インスタント：即時的　　　よく：經常、好好地

句型　「～てもらう」：補助動詞用法，表示「請人～（做）」

20点～24点	どこでもだいじょうぶ
11点～19点	がんばったらだいじょうぶ
10点以下	外国の生活はちょっとたいへん

合計＿＿＿＿＿＿

中譯

20分～24分	在哪裡都沒問題
11分～19分	努力一點就沒問題
10分以下	國外的生活會有點辛苦

總計＿＿＿＿＿＿

單字　がんばる：努力、加油

D

	1	2	3	4	5	6	7	8	合計（ごうけい）
田中（たなか）	a	c	b	a	a	b	a	a	12
ジム	c	a	a	b	b	c	b	a	15
王（おう）	c	b	c	c	a	b	c	c	20
トム	b	b	c	a	a	c	b	b	16

中譯

D

	1	2	3	4	5	6	7	8	合計
田中	a	c	b	a	a	b	a	a	12
吉姆	c	a	a	b	b	c	b	a	15
王	c	b	c	c	a	b	c	c	20
湯姆	b	b	c	a	a	c	b	b	16

問12　4人の中で、ほかのところで寝られないのは誰ですか。

四個人中，在其他地方就會睡不著覺的人是誰呢？

1. 田中さんです。

田中先生。

2. ジムさんです。

吉姆先生。

3. 王さんです。

王先生。

4. トムさんです。

湯姆先生。

問13　4人の中で、はじめて会った人とすぐ話せないが、買い物が上手な人は誰ですか。

在四個人中，不敢馬上和第一次見面的人說話，但卻很會買東西的人是誰呢？

1. 田中さんです。

田中先生。

2. ジムさんです。

吉姆先生。

3. 王さんです。

王先生。

4. トムさんです。

湯姆先生。

memo

第四單元

聽　解

聽解準備要領

一般考生認為聽力測驗無從準備起，但其實新日檢的考題有一定的規則，若能了解出題方向及測驗目的，還是有脈絡可循。本單元編寫時參考了坊間日語教材以及歷年考題，若讀者可以熟記書中單字、題型，並依以下應試策略作答，聽力必定可以在短時間內提升，測驗也可得高分。

1. 專心聆聽每一題的提問

讀者們可能覺得這是囉嗦的叮嚀，但事實上許多考生應試時，常常下一題已經開始了，腦子還在想著上一題，往往就錯過了下一題的題目。而且若能一開始就聽懂問題，接下來就可以從對話中找答案了。所以請務必在下一題播出前，停止一切動作，專心聆聽。

2. 盡可能不做筆記

這樣的建議讀者可能會覺得有疑慮，但是能力測驗的聽力考試目的，是測驗考生能否了解整個對話內容，而非只是聽懂幾個單字，因此記下來的詞彙往往跟答案沒有直接的關係。而且記筆記會讓你分心，而讓你錯過關鍵字。所以若能做到「專心聆聽每一題的提問」，接下來只需要從對話中找答案。

必考單字及題型分析

一　單字 MP3-58

正式開始準備聽力前，請先確認以下單字是否已熟記。日期、星期以及時間為必考題，請務必背得滾瓜爛熟。此外，形容詞、方位詞、疑問詞則是敘述考題時的必要字彙，也請熟記。

（一）星期

にちようび	げつようび	かようび	すいようび
日曜日	**月曜日**	**火曜日**	**水曜日**
星期天	星期一	星期二	星期三
もくようび	きんようび	どようび	なんようび
木曜日	**金曜日**	**土曜日**	**何曜日**
星期四	星期五	星期六	星期幾

（二）日期

ついたち	ふつか	みっか	よっか	いつか	むいか
一日	**二日**	**三日**	**四日**	**五日**	**六日**
一日	二日	三日	四日	五日	六日
なのか	ようか	ここのか	とおか	はつか	
七日	**八日**	**九日**	**十日**	**二十日**	
七日	八日	九日	十日	二十日	

※「四日（よっか）」、「八日（ようか）」讀音接近，「二十日（はつか）」容易誤認為「八日（ようか）」，請注意。

（三）時間

いちじ 一時	しちじ 七時	はちじ 八時	じゅうごふん 十五分	ごじゅっぷん 五十分
一點	七點	八點	十五分	五十分

※「一時（いちじ）」、「七時（しちじ）」讀音接近，請注意。

（四）方位

うえ 上	した 下	みぎ 右	ひだり 左	よこ 横	となり 隣
上	下	右	左	橫、旁邊	隔壁
ひがし 東	にし 西	みなみ 南	きた 北	まえ 前	うし 後ろ
東	西	南	北	前	後

（五）形容詞

くろ 黒い	しろ 白い	あか 赤い	あお 青い	なが 長い	みじか 短い
黑色的	白色的	紅色的	藍色的	長的	短的
たか 高い	から 辛い	まる 丸い	あたた 暖かい	つめ 冷たい	ひろ 広い
高的	辣的	圓的	溫暖的	冷的	寬廣的

（六）疑問詞

どう	どの	どれ	どんな	どこ
如何	哪個（＋名詞）	哪個	什麼樣的	哪裡
どのくらい	どのように	どうして	どなた	なぜ
多久	如何地	為什麼	哪位	為什麼
いつ	いくつ	いくら	なに	だれ
何時	幾個	多少錢	什麼	誰
何曜日（なんようび）	何日（なんにち）	何時（なんじ）	何分（なんぷん）	何人（なんにん）
星期幾	幾日	幾點	幾分	幾個人
何冊（なんさつ）	何枚（なんまい）	何階（なんがい）	何番（なんばん）	何（なん）ページ
幾本	幾張、幾件	幾樓	幾號	幾頁

二　題型 MP3-59

先前提到，聽力要高分，最重要的是要先聽懂題目。本節從歷屆考題中，以出題頻率最高的疑問詞整理出最常見的題型。雖然每一年的考題都不同，但提問方式卻是大同小異。讀者只要可以了解以下句子的意思，應試時一定可以聽懂提問的問題。

若時間充裕，建議先將本書所附之MP3音檔聽過幾次，測試看看自己能掌握多少題目。然後再與以下中、日文對照，確實了解句意、並找出自己不熟悉的單字。切記，務必跟著MP3音檔朗誦出來，大腦語言區才能完整運作，相信會有意想不到的效果。

（一）何／何（什麼）

2人の男の人が話しています。2人は仕事が終わったら、何をしますか。

二個男人正在說話。二個人工作結束後，要做什麼呢？

男の人と女の人がレストランでお店の人と話しています。女の人は何を食べますか。女の人です。

男人和女人正在餐廳和店員說話。女人要吃什麼呢？是女人。

男の人と女の人が話しています。男の人は、田中さんが行かない理由は何だと言っていますか。

男人和女人正在說話。男人說田中先生不去的理由是什麼呢？

女の人と男の人が話しています。男の人は、誕生日に子どもから何をもらいましたか。

女人和男人正在說話。男人生日時，從小孩那裡得到什麼禮物呢？

男の人と女の人が話しています。この人たちのうちに、今ないものは何ですか。今ないものです。
男人和女人正在說話。他們的家裡，現在沒有的東西是什麼呢？是現在沒有的東西。

（二）どう（如何）

男の人と女の人が話しています。男の人は、新しいテレビがどうなったと言っていますか。
男人和女人正在說話。男人說新電視怎麼了呢？

男の人と女の人がパーティーで話しています。今、料理はどうなっていますか。
男人和女人在派對上說話。現在料理變成怎樣了呢？

男の人と女の人が話しています。女の人は、男の人にどうするように言いましたか。
男人和女人正在說話。女人說要男人怎麼做了呢？

2人の女の人が電話しています。この人たちは授業が終わったら、どうすると言っていますか。
二個女人正在講電話。她們說下課後要做什麼呢？

（三）どこ（哪裡）

男の人と女の人が話しています。2人はどこにカレンダーを掛けますか。

男人和女人正在說話。二個人要將月曆掛在哪裡呢？

女の人がデパートで店員に聞いています。女の人がほしいものはどこにありますか。

女人正在百貨公司問店員。女人想要的東西在哪裡呢？

男の人と女の人が話しています。女の人は始めにどこを掃除しますか。

男人和女人正在說話。女人一開始要打掃哪裡呢？

お母さんと娘が話しています。娘はこれからどこに行きますか。

母親和女兒正在說話。女兒接下來要去哪裡呢？

夫婦が話しています。妻は夫に車をどこに止めさせますか。

夫妻正在說話。太太要先生把車子停哪裡呢？

（四）どれ（哪個）

2人の先生が話しています。2人が今見ている教室はどれですか。

二個老師正在說話。二個人現在看的教室是哪一間呢？

男の人と女の人が話しています。女の人が撮った写真はどれですか。

男人和女人正在說話。女人拍的照片是哪一張呢？

男の人と女の人が話しています。この人たちはどれを買いましたか。

男人和女人正在說話。他們買了哪一個呢？

男の人と女の人が話しています。2人が見ているグラフはどれですか。

男人和女人正在說話。二個人正在看的圖表是哪一個呢？

喫茶店でお店の人と女の人が話しています。女の人はどれがいいですか。

咖啡廳裡，店員正在和女人說話。女人要哪一個呢？

（五）どんな（怎樣的）

クラスの皆で写真を撮っています。どんな写真になりますか。

班上所有人在一起拍照。會拍成怎樣的照片呢？

夫と妻が話しています。夫はどんな格好で出かけますか。

先生和太太正在說話。先生要做怎樣的打扮出門呢？

2人の女の人が話しています。明日はどんな天気ですか。

二個女人正在說話。明天是怎樣的天氣呢？

男の人と女の人が学校の先生について話しています。山下先生はどんな人ですか。

男人和女人正在聊學校的老師。山下老師是怎樣的人呢？

店で男の人と女の人が話しています。男の人はどんなテーブルがいいですか。

男人和女人正在店裡說話。男人要怎樣的桌子呢？

（六）どの（哪個）

木村さんが部屋を探しています。木村さんはアパートのどの部屋にしますか。

木村先生正在找房間。木村先生決定要公寓的哪間房間呢？

女の人が2人で話しています。鈴木さんのお兄さんは写真のどの人ですか。

二個女人正在說話。鈴木先生的哥哥是照片裡的哪個人呢？

お母さんと女の子が話しています。女の子はどの順番で行きますか。

母親正在和女孩子說話。女孩子會以哪種順序去呢？

女の人と男の人が話しています。今、荷物はどの人が持っていますか。

女人和男人正在說話。現在行李是哪個人拿著呢？

（七）どうして（為什麼）

男の人と女の人が話しています。男の人はどうして今、車を買わなくてもいいと言っていますか。

男人和女人正在說話。男人為什麼說現在不買車也沒關係呢？

男の人が話しています。この人の友達はどうしてパーティーを行いましたか。

男人正在說話。他的朋友為什麼舉行派對呢？

男の人と女の人が話しています。男の人はどうして遅れましたか。

男人和女人正在說話。男人為什麼遲到了呢？

男の人と女の人が話しています。女の人は昨日どうして来ませんでしたか。
男人和女人正在說話。女人昨天為什麼不來呢？

（八）いつ、何時、何日、何曜日
（何時、幾點、幾號、星期幾）

木村さんが山田さんに電話をかけました。この後、誰が何時に電話をかけますか。
木村先生打了電話給山田先生。之後誰在幾點打電話呢？

男の人と女の人が話しています。旅行は何日にしますか。
男人和女人正在說話。旅行決定幾號呢？

男の人と女の人が話しています。女の人はいつ遊びに来ますか。
男人和女人正在說話。女人什麼時候要來玩呢？

男の人と女の人が話しています。女の人は何曜日の何時まで仕事しますか。
男人和女人正在說話。女人要工作到星期幾的幾點呢？

男の人と女の人が話しています。2人は何時にどこで会いますか。
男人和女人正在說話。二個人幾點在哪裡見面呢？

實力測驗

問題 I MP3-60

		❶	❷	❸	❹	
にち 日	げつ 月	か 火	すい 水	もく 木	きん 金	ど 土
	1	②	③	④	⑤	6
7	8	9	10	11	12	13
14	15	16	17	18	19	20
21	22	23	24	25	26	27
28	29	30	31			

Calendar

解答（　）

問題 II

1　　2　　3　　4

解答（　　）

問題 III MP3-62

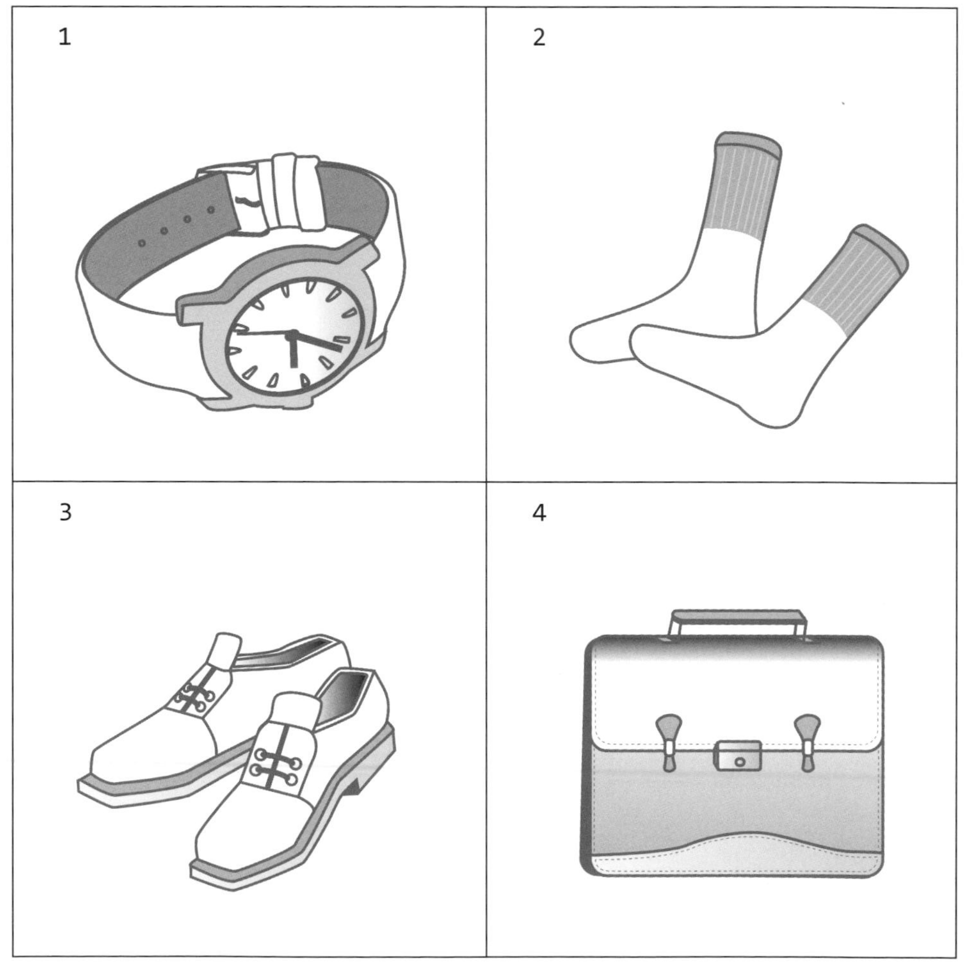

解答（　）

問題Ⅳ MP3-63

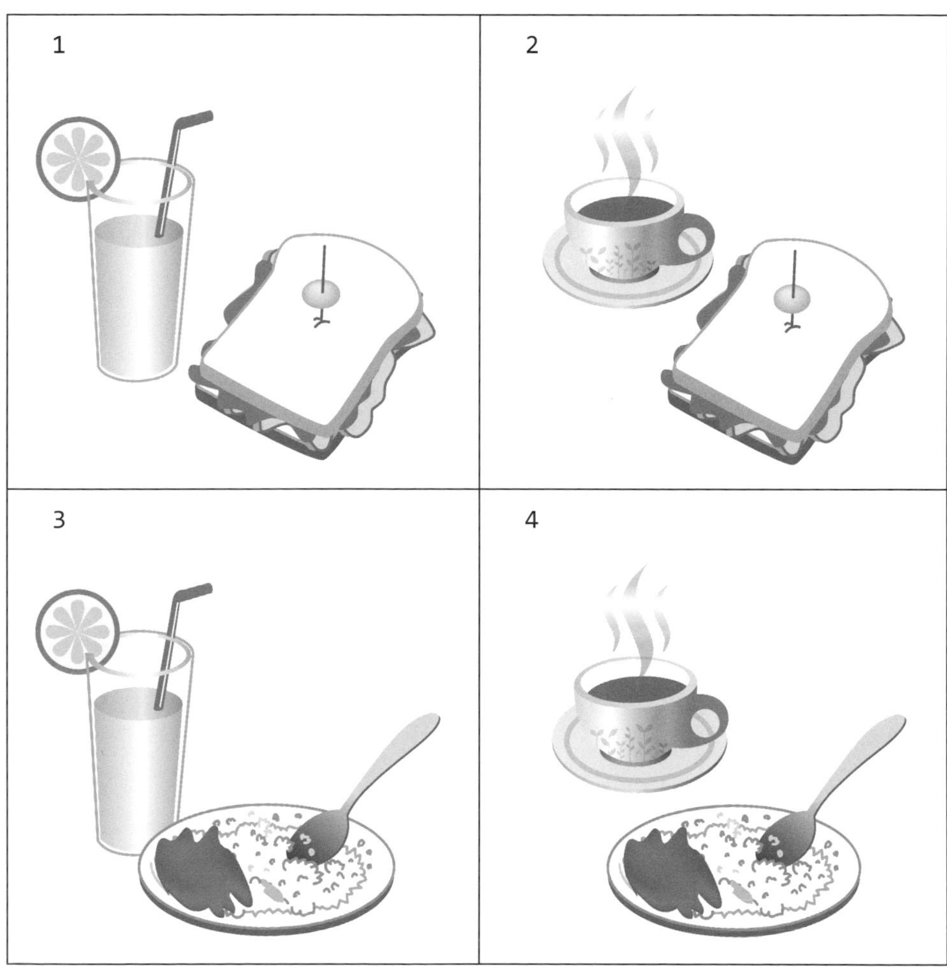

解答（　　）

問題Ⅴ MP3-64

解答（　）

問題Ⅵ MP3-65

（絵などはありません）

解答（　　）

問題Ⅶ MP3-66

（絵などはありません）

解答（　　）

解答

問題 I	4
問題 II	4
問題 III	2
問題 IV	1
問題 V	2
問題 VI	3
問題 VII	2

日文原文及中文翻譯

問題 1　正解：4

男の人と女の人がカレンダーを見ながら話しています。2人はいつ食事に行きますか。

男：来週、授業が終わったら、食事に行きませんか。

女：いいですね。いつがいいですか。

男：そうですね。私は火曜と木曜以外は大丈夫です。

女：そうですか。私は 1 日と 3 日にはバイトに行くので……。

男：じゃ、この日にしましょう。

女：はい。

2人はいつ食事に行きますか。

男人和女人正一邊看著月曆一邊說話。二個人何時去吃飯呢？

男：下星期下課後，要不要去吃飯呢？

女：好呀！哪一天好呢？

男：這個嘛。我除了星期二和星期四以外都沒問題。

女：那樣啊。我一號和三號要去打工……。

男：那麼，就這一天吧！

女：好！

二個人何時去吃飯呢？

問題 II 正解：4

男の人と女の人が話しています。みちこさんの友達はどの人ですか。

男：みちこさんの友達はこの人ですか。

女：そんなに太っていませんよ。

男：じゃ、この人？

女：眼鏡は掛けていませんよ。

男：あっ、そうですか。

みちこさんの友達はどの人ですか。

男人和女人正在說話。美智子小姐的朋友是哪個人呢？

男：美智子小姐的朋友是這個人嗎？

女：沒有那麼胖喔！

男：那麼，是這個人？

女：沒有帶眼鏡喔！

男：啊，那樣啊。

美智子小姐的朋友是哪個人呢？

問題 III　正解：2

男の人と女の人が話しています。男の人は今年の誕生日に、娘さんから何をもらいましたか。

女：わあ、いい時計ね。

男：おととしの誕生日に、娘がくれたんだ。

女：あっ、そうなの。今年は？

男：娘は靴下で、息子はかばん。

女：いいわね。

男の人は今年の誕生日に、娘さんから何をもらいましたか。

男人和女人正在說話。男人今年生日，從女兒那裡得到了什麼呢？

女：哇，好棒的手錶喔！

男：是前年生日時，女兒送我的。

女：啊，那樣啊。那今年呢？

男：女兒是襪子，兒子是皮包。

女：好好喔！

男人今年生日，從女兒那裡得到了什麼禮物呢？

問題Ⅳ　正解：1

男の人と女の人がレストランで話しています。女の人は何を食べますか。

男：ここのカレー、おいしいですよ。

女：そうですか。でもカレーはちょっと……。

男：じゃ、サンドイッチは？

女：それにします。

男：飲み物はコーヒーにしますか、ジュースにしますか。

女：昔、コーヒーは好きでしたが、今は……。

男：そうですか。じゃ、ジュースにしましょう。

女の人は何を食べますか。

男人和女人正在餐廳裡說話。女人要吃什麼呢？

男：這裡的咖哩，很好吃喔！

女：是喔！不過咖哩有點……。

男：那麼，三明治呢？

女：就那個。

男：飲料要咖啡、還是果汁呢？

女：我以前很喜歡咖啡，不過現在……。

男：那樣啊。那麼就喝果汁吧！

女人要吃什麼呢？

問題V　正解：2

男(おとこ)の人(ひと)と女(おんな)の人(ひと)が話(はな)しています。三越(みつこし)デパートはどこですか。

男(おとこ)：すみません、三越(みつこし)デパートはどう行(い)ったらいいでしょうか。

女(おんな)：まっすぐ行(い)って、2番目(にばんめ)の角(かど)を右(みぎ)に曲(ま)がると、すぐ見(み)えますよ。

男(おとこ)：そうですか。どうも。

三越(みつこし)デパートはどこですか。

男人和女人正在說話。三越百貨在哪裡呢？

男：不好意思，三越百貨怎麼走呢？

女：直走，第二個路口右轉，馬上就會看見了喔！

男：那樣啊。謝謝。

三越百貨在哪裡呢？

問題VI　正解：3

先生が生徒に話しています。明日、何時にどこに集まりますか。

先生：ええと、皆さん、明日は旅行の日ですね。朝9時の電車に乗ります。８時半に学校の前に集まってくださいと言っていましたが、集まる場所が駅の前に変わりました。時間も変わりました。２０分前でいいと思います。つまり、８時４０分ですね。遅れないようにしてください。

明日、何時にどこに集まりますか。

1. ８時2０分に駅の前です。
2. ８時４０分に学校の前です。
3. ８時４０分に駅の前です。
4. ９時に駅の前です。

老師正在和學生說話。明天幾點、在哪裡集合呢？

老師：嗯～，各位同學，明天就要去旅行了。要搭早上九點的電車。我本來說請八點半在學校前面集合，不過集合地點改為車站前面。時間也變了。我想二十分鐘前就好了。也就是八點四十分。希望不要遲到。

明天幾點、在哪裡集合呢？

1. 八點二十分，在車站前。
2. 八點四十分，在學校前。
3. 八點四十分，在車站前。
4. 九點，在車站前。

問題Ⅶ 正解：2

女の人がお店の人に聞いています。電話はどこにありますか。

女の人：すみません。電話はどこですか。

お店の人：はい、あそこにエレベーターがありますね。

女の人：ええ。

お店の人：あのエレベーターの右です。青いドアの奥にあります。

女の人：はい、わかりました。あっ、それからトイレはどこですか。

お店の人：申し訳ありません。店の中にはないんです。

電話はどこにありますか。

1. トイレの中です。
2. 青いドアの奥です。
3. エレベーターの左です。
4. 店にはありません。

女人正在問店裡的人。電話在哪裡呢？

女人：不好意思。電話在哪裡呢？

店裡的人：是的，那裡有電梯對不對。

女人：是的。

店裡的人：在那個電梯的右邊。在藍色的門的最裡面。

女人：好，我知道了。啊，還有，洗手間在哪裡呢？

店裡的人：非常抱歉。店裡沒有洗手間。

電話在哪裡呢？

1. 洗手間裡面。
2. 藍色的門的最裡面。
3. 電梯左邊。
4. 店裡沒有。

memo

附錄 1

N4 考前掃描

考前準備要領

看到這裡，各位的心情一定相當緊張吧。如果前面的文法解說都了解、而且練習都做完的話，先恭喜各位，一定可以收到N4合格的證書。如果還沒有把握的人沒關係，N4範圍不多，只要利用考前一天，將本書快速瀏覽一次，合格的機率還是相當高的。在進行最後的複習前，我們先再次確認一下考試範圍、各科考試時間及配分吧。

<table>
<tr><th>考試科目</th><th>時間</th><th>配分</th><th>能力程度</th></tr>
<tr><td>① 言語知識（文字・語彙）</td><td>30分鐘</td><td rowspan="2">120分</td><td rowspan="4">・能夠閱讀、理解在日常生活中，以基礎字彙和漢字所寫成的切身話題的文章。
・在日常生活中，對於速度稍慢的對話，大致都能理解。</td></tr>
<tr><td>② 言語知識（文法）・讀解</td><td>60分鐘</td></tr>
<tr><td>③ 聽解</td><td>35分鐘</td><td>60分</td></tr>
<tr><td>合計</td><td>125分鐘</td><td>180分</td></tr>
</table>

考試是每年七月和十二月的第一個星期天，前一天是星期六，大部分的人都不用上班，請好好利用最後一天。之前都沒有時間好好準備的人不要太早放棄喔，說不定只讀這一天也可以合格呢！

好了，接下來先確認一下2B鉛筆和橡皮擦是否準備好了，然後看一下准考證上的考試地點，看清楚自己到底是在師大還是師大分部、台大還是台科大。搭捷運的考生記得提早一點出門，星期天一大早的捷運是離峰班距，有時候要多等五至十分鐘才有車。如果在台大考，也請早一點出門，因為校區廣大容易迷路。最後，不要忘了將身分證跟准考證放在一起，要有這二樣證件才能進試場。當天還是忘了帶證件時，請不要慌張，有某些證件可以代替身分證，請詢問走廊上的試務人員。若整個錢包都忘了帶，沒有任何證件也沒關係，可以到試務中心辦理臨時入場証，之後再補驗。

接下來，我們開始進行最後的複習吧。切記，好好利用考前一天以及考前十分鐘，雖然是臨時抱佛腳，但臨陣磨槍不亮也光，不是嗎？

考前掃瞄

一　單字

本單元為考生整理最容易混淆的「自他動詞」以及「敬語」。自他動詞和敬語有可能會出現在「文字」、「語彙」、「文法」、「讀解」、「聽解」任何一個單元，可說是投資報酬率最高的一個部分。因此，請各位利用最後一天、甚至最後十分鐘，快速將以下動詞瀏覽一遍。自他動詞除了注意其發音外，也應該牢記哪個是自動詞、哪個是他動詞。如此一來，不僅可以一舉兩得、更有事半功倍之效。敬語部分，則請注意哪個是尊敬語、哪個是謙讓語，這樣在考試時，更能快速瞭解題意，並且可以選出正確答案。

（一）自動詞與他動詞 MP3-67

日文裡有很多相對應的自他動詞，因為中文未必有相對應的說法，請各位務必以每個字的語尾判斷。老師告訴各位二個判斷方式，這二個判斷方式可以幫助各位判斷七成以上的自他動詞，請各位從下表看看是否符合。第一：自他詞組中，辭書形語尾若為「す」，必為他動詞；第二：自他詞組中，辭書形語尾若為「～ａる」、「～ｅる」對應時，「～ａる」必為自動詞、「～ｅる」必為他動詞。在臺灣，知道這二個規則的老師不會超過十個，噓，不要說是我說的喔！

自	上(あ)がる	自	開(あ)く	自	集(あつ)まる	自	起(お)きる
他	上(あ)げる	他	開(あ)ける	他	集(あつ)める	他	起(お)こす
自	落(お)ちる	自	変(か)わる	自	消(き)える	自	決(き)まる
他	落(お)とす	他	変(か)える	他	消(け)す	他	決(き)める
自	壊(こわ)れる	自	下(さ)がる	自	閉(し)まる	自	足(た)りる
他	壊(こわ)す	他	下(さ)げる	他	閉(し)める	他	足(た)す
自	立(た)つ	自	付(つ)く	自	続(つづ)く	自	出(で)る
他	立(た)てる	他	付(つ)ける	他	続(つづ)ける	他	出(だ)す
自	止(と)まる	自	治(なお)る	自	無(な)くなる	自	並(なら)ぶ
他	止(と)める	他	治(なお)す	他	無(な)くす	他	並(なら)べる
自	入(はい)る	自	始(はじ)まる	自	見(み)つかる	自	焼(や)ける
他	入(い)れる	他	始(はじ)める	他	見(み)つける	他	焼(や)く
自	沸(わ)く						
他	沸(わ)かす						

（二）敬語 MP3-68

日文的敬語是相對敬語，分成了尊敬與和謙讓語。「喔～很難耶！」聽到這裡，低聲抱怨的臺灣同學又來了！其實，有了尊敬語和謙讓語之後，句子會變得很簡單、意思會變得很好懂。各位只要記住二個規則就好，（一）提到對方的行為時使用尊敬語（也就是主詞為對方時）；（二）提到自己的行為時使用謙讓語（也就是主詞為己方時）。下面幫大家整理了常見的特殊尊敬語和特殊謙讓語，請記住，同一個動詞變成尊敬語或是謙讓語後，基本意思沒有變化，只是主詞固定為對方或是自己！

<table>
<tr><th>尊敬語</th><th>動詞</th><th>謙讓語</th></tr>
<tr><td rowspan="3">いらっしゃいます</td><td>行（い）きます</td><td rowspan="2">参（まい）ります</td></tr>
<tr><td>来（き）ます</td></tr>
<tr><td>います</td><td>おります</td></tr>
<tr><td>なさいます</td><td>します</td><td>致（いた）します</td></tr>
<tr><td>おっしゃいます</td><td>言（い）います</td><td>申（もう）します</td></tr>
<tr><td>召（め）し上（あ）がります</td><td>食（た）べます</td><td>いただきます</td></tr>
<tr><td>ご覧（らん）になります</td><td>見（み）ます</td><td>拝見（はいけん）します</td></tr>
<tr><td>—</td><td>もらいます</td><td>いただきます</td></tr>
<tr><td>—</td><td>あげます</td><td>さしあげます</td></tr>
<tr><td>くださいます</td><td>くれます</td><td>—</td></tr>
<tr><td>—</td><td>聞（き）きます
訪問（ほうもん）します</td><td>伺（うかが）います</td></tr>
</table>

二　聽力 MP3-69

聽力播放的過程中，盡可能不要記筆記，而是在聆聽的過程中就要找出答案。作答完畢之後，不要猶豫，趕快看下一題的圖片，並且仔細聽第一次提問。

此外，以下時間、數量相關詞彙都是聽力考題中常出現的，看看有沒有自己還不太熟悉的吧！

（一）星期

にちようび 日曜日	げつようび 月曜日	かようび 火曜日	すいようび 水曜日
星期天	星期一	星期二	星期三
もくようび 木曜日	きんようび 金曜日	どようび 土曜日	
星期四	星期五	星期六	

（二）日期

ついたち 一日	ふつか 二日	みっか 三日	よっか 四日	いつか 五日	むいか 六日
一日	二日	三日	四日	五日	六日
なのか 七日	ようか 八日	ここのか 九日	とおか 十日	はつか 二十日	
七日	八日	九日	十日	二十日	

（三）數量

一（ひと）つ	二（ふた）つ	三（みっ）つ	四（よっ）つ	五（いつ）つ
一個	二個	三個	四個	五個
六（むっ）つ	七（なな）つ	八（やっ）つ	九（ここの）つ	十（とお）
六個	七個	八個	九個	十個

三　句型 MP3-70

最後，請再複習一下以下句型。下列句型都是文法的必考題，請確認相關助詞的用法，以及各句型連接之動詞型態（尤其注意應該為辭書形、た形、て形或是ない形）。

（一）被動

■太郎(たろう)は　犬(いぬ)に　噛(か)まれました。

太郎被狗咬了。

■太郎(たろう)は　犬(いぬ)に　足(あし)を　噛(か)まれました。

太郎被狗咬到腳。

（二）使役

■先生(せんせい)は　花子(はなこ)を　立(た)たせました。

老師要花子站起來。

■母親(ははおや)は　花子(はなこ)に　ケーキを　食(た)べさせました。

母親讓花子吃蛋糕。

（三）請託（請～ / 請不要～）

■廊下(ろうか)で　タバコを　吸(す)って　ください。

請在走廊抽菸。

■廊下(ろうか)で　タバコを　吸(す)わないで　ください。

請不要在走廊抽菸。

（四）許可（可以～／可不要～）

■5時(ごじ)に　帰(かえ)っても　いいです。

可以五點回去。

■5時(ごじ)に　帰(かえ)っても　かまいません。

五點回去沒關係。

■5時(ごじ)に　帰(かえ)らなくても　いいです。

可以不用五點回去。

（五）禁止（不可以～）

■鉛筆(えんぴつ)で　書(か)いては　いけません。

不可以用鉛筆寫。

（六）義務（不得不～／一定～）

■食事(しょくじ)の　前(まえ)に、手(て)を　洗(あら)わなければ　なりません。

吃飯前一定要洗手。

■食事(しょくじ)の　前(まえ)に、手(て)を　洗(あら)わなくては　いけません。

吃飯前不洗手不行。

（七）建議（～比較好／不要～比較好）

■薬(くすり)を　飲(の)んだほうが　いいです。

吃藥會比較好。

■薬(くすり)を　飲(の)まないほうが　いいです。

不要吃藥比較好。

（八）經驗（曾經～）

■日本（にほん）へ　行（い）ったことが　あります。

去過日本。

（九）能力（能～ / 會～）

■1人（ひとり）で　日本（にほん）へ　行（い）くことが　できます。

能一個人去日本。

memo

附錄 2

N5 文字複習

N4範圍的單字總共有一千五百字左右，其中有八百個字屬於N5範圍。這八百個字並非完全不會考，對於考生來說，這些單字屬於基礎字彙，即使沒有出題，也還是會出現在任何一題的題目敘述中。附錄二將N5文字及語彙的相關重點單字整理出來，希望讀者在準備N4單字時，也不要忘了這些基礎單字。

一　漢字一字 MP3-71

行	段	單字
ア行	あ	青（あお）　赤（あか）　秋（あき）　朝（あさ）　足（あし）　頭（あたま）　後（あと）　兄（あに）　姉（あね）　雨（あめ）　飴（あめ）
	い	家（いえ）　池（いけ）　犬（いぬ）　今（いま）　妹（いもうと）　色（いろ）　岩（いわ）　嫌（いや）
	う	上（うえ）　歌（うた）　海（うみ）
	え	絵（え）　駅（えき）
	お	弟（おとうと）　男（おとこ）　女（おんな）　お茶（ちゃ）　お腹（なか）　同（おな）じ　奥（おく）さん

行	段	單字
カ行	か	顔（かお）　鍵（かぎ）　傘（かさ）　風（かぜ）　角（かど）　鞄（かばん）　金（かね）　紙（かみ）　体（からだ）　川（かわ）
	き	木（き）　北（きた）　嫌（きら）い
	く	口（くち）　靴（くつ）　国（くに）　薬（くすり）　車（くるま）　黒（くろ）　曇（くも）り
	こ	声（こえ）　ご飯（はん）

行	段	單字
サ行	さ	魚（さかな）　先（さき）　酒（さけ）　皿（さら）
	し	塩（しお）　下（した）　白（しろ）　静（しず）か
	す	好（す）き
	せ	背（せ）　千（せん）
	そ	外（そと）　側（そば）　空（そら）

タ行

た　縦（たて）　卵（たまご）　誰（だれ）

ち　父（ちち）　近（ちか）く

つ　次（つぎ）　机（つくえ）

て　手（て）

と　戸（と）　所（ところ）　年（とし）　隣（となり）　鳥（とり）

ナ行

な　中（なか）　夏（なつ）　何（なに）　何（なん）

に　肉（にく）　西（にし）　庭（にわ）

ね　猫（ねこ）

ハ行

は　歯（は）　箱（はこ）　橋（はし）　箸（はし）　花（はな）　鼻（はな）　話（はなし）　母（はは）　春（はる）　晩（ばん）　始（はじ）め　晴（は）れ

ひ　東（ひがし）　左（ひだり）　人（ひと）　暇（ひま）　昼（ひる）

ふ　服（ふく）　冬（ふゆ）

ほ　本（ほん）

マ行

ま　前（まえ）　町（まち）　窓（まど）　万（まん）

み　右（みぎ）　水（みず）　店（みせ）　道（みち）　緑（みどり）　南（みなみ）　皆（みな）　耳（みみ）

む　村（むら）　向（む）こう

め　目（め）

も　物（もの）　門（もん）

ヤ行		
ヤ行	や	山（やま）　休み（やすみ）
	ゆ	雪（ゆき）　夕べ（ゆうべ）
	よ	横（よこ）　夜（よる）

ワ行		
ワ行	わ	私（わたし）

二　漢詞總整理 MP3-72

行		
ア行	い	い　医者（いしゃ）　椅子（いす）　意味（いみ）　いち　一日（いちにち）　一番（いちばん） いっ　一緒（いっしょ）　一体（いったい）
	え	えい　映画（えいが）　映画館（えいがかん）　英語（えいご）　えん　鉛筆（えんぴつ）
	お	おん　音楽（おんがく）

行		
カ行	か	か　菓子（かし）　家族（かぞく）　家庭（かてい）　花瓶（かびん） かい　会社（かいしゃ）　階段（かいだん）　がい　外国（がいこく） がく　学生（がくせい）　がっ　学校（がっこう）　かん　漢字（かんじ）
	き	き　綺麗（きれい）　きっ　喫茶店（きっさてん）　ぎゅう　牛肉（ぎゅうにく）　牛乳（ぎゅうにゅう） きょ　去年（きょねん）　きょう　教室（きょうしつ）　兄弟（きょうだい）　ぎん　銀行（ぎんこう）
	け	けい　警官（けいかん）　けっ　結構（けっこう）　結婚（けっこん）　げん　玄関（げんかん）　元気（げんき）
	こ	ご　午後（ごご）　午前（ごぜん）　こう　公園（こうえん）　交差点（こうさてん）　紅茶（こうちゃ）　交番（こうばん） こん　今晩（こんばん）　今月（こんげつ）　今週（こんしゅう）

行		
サ行	さ	さ　砂糖(さとう)　再来年(さらいねん)　さい　財布(さいふ)　さく　作文(さくぶん)　ざっ　雑誌(ざっし) さん　散歩(さんぽ)
	し	じ　時間(じかん)　辞書(じしょ)　自分(じぶん)　自転車(じてんしゃ)　自動車(じどうしゃ)　しつ　質問(しつもん) しゃ　写真(しゃしん)　じゅ　授業(じゅぎょう)　しゅく　宿題(しゅくだい)　しょう　醤油(しょうゆ) じょう　上手(じょうず)　丈夫(じょうぶ)　しょく　食堂(しょくどう)　しん　新聞(しんぶん)
	せ	せい　生徒(せいと)　せっ　石鹸(せっけん)　せん　先月(せんげつ)　先週(せんしゅう)　先生(せんせい)　洗濯(せんたく) ぜん　全部(ぜんぶ)
	そ	そう　掃除(そうじ)

行		
タ行	た	た　多分(たぶん)　たい　大切(たいせつ)　大変(たいへん)　大使館(たいしかん) だい　大学(だいがく)　大丈夫(だいじょうぶ) たく　沢山(たくさん)　たん　誕生日(たんじょうび)
	ち	ち　地図(ちず)　地下鉄(ちかてつ)　ちゃ　茶碗(ちゃわん)
	て	てん　天気(てんき)　でん　電気(でんき)　電車(でんしゃ)
	と	と　図書館(としょかん)　どう　動物(どうぶつ)

行		
ハ行	は	はん　半分(はんぶん)　ばん　番号(ばんごう)
	ひ	ひ　飛行機(ひこうき)　びょう　病院(びょういん)　病気(びょうき)
	ふ	ふ　風呂(ふろ)　ふう　封筒(ふうとう)　ぶん　文章(ぶんしょう)
	へ	べん　弁当(べんとう)　勉強(べんきょう)　便利(べんり)
	ほ	ぼう　帽子(ぼうし)　ほん　本当(ほんとう)

マ行	ま	まい　毎月（まいつき）　毎週（まいしゅう）　毎晩（まいばん）　毎日（まいにち）　まん　万年筆（まんねんひつ）
	も	もん　問題（もんだい）

ヤ行	や	や　野菜（やさい）
	ゆ	ゆう　有名（ゆうめい）　郵便局（ゆうびんきょく）
	よ	よう　洋服（ようふく）

ラ行	ら	らい　来月（らいげつ）　来週（らいしゅう）　来年（らいねん）
	り	りっ　立派（りっぱ）　りゅう　留学生（りゅうがくせい）　りょ　旅行（りょこう） りょう　両親（りょうしん）　料理（りょうり）
	れ	れい　冷蔵庫（れいぞうこ）　れん　練習（れんしゅう）
	ろ	ろう　廊下（ろうか）

附錄 3

N5語彙複習

一　動詞

（一）Ｉ類動詞（五段動詞）MP3-73

「～います」

日文	中譯	日文	中譯	日文	中譯
会(あ)います	見面	洗(あら)います	洗	言(い)います	說
歌(うた)います	唱（歌）	買(か)います	買	吸(す)います	抽（菸）
違(ちが)います	不同	使(つか)います	使用	習(なら)います	學

「～きます」

日文	中譯	日文	中譯	日文	中譯
歩(ある)きます	走路	開(あ)きます	開啟	行(い)きます	去
泳(およ)ぎます	游泳	書(か)きます	寫	聞(き)きます	聽、問
咲(さ)きます	（花）開	着(つ)きます	到達	泣(な)きます	哭
脱(ぬ)ぎます	脫	履(は)きます	穿（褲、鞋）	働(はたら)きます	工作
弾(ひ)きます	彈奏	吹(ふ)きます	（風）吹	磨(みが)きます	刷（牙）

「～します」

日文	中譯	日文	中譯	日文	中譯
押(お)します	推	返(かえ)します	歸還	貸(か)します	借給人
消(け)します	關掉、熄滅	さします	撐（傘）	出(だ)します	拿出
話(はな)します	說話	渡(わた)します	交給		

「～ちます」

日文	中譯	日文	中譯	日文	中譯
立(た)ちます	站	待(ま)ちます	等	持(も)ちます	拿、持有

「～にます」

日文	中譯
死(し)にます	死

「～びます」

日文	中譯	日文	中譯
遊(あそ)びます	玩	飛(と)びます	飛、跳

「～みます」

日文	中譯	日文	中譯	日文	中譯
住(す)みます	住	頼(たの)みます	拜託	飲(の)みます	喝
休(やす)みます	休息	読(よ)みます	閱讀、唸		

「～ります」

日文	中譯	日文	中譯	日文	中譯
あります	有、在	要(い)ります	需要	売(う)ります	賣
終(お)わります	結束	掛(か)かります	掛、花費	切(き)ります	剪、切
曇(くも)ります	天陰	困(こま)ります	困擾	閉(し)まります	關閉
作(つく)ります	製造	止(と)まります	停	撮(と)ります	拍照
				取(と)ります	拿
なります	變成	登(のぼ)ります	登、攀爬	乗(の)ります	搭乘
入(はい)ります	進入	走(はし)ります	跑	始(はじ)まります	開始
貼(は)ります	貼	降(ふ)ります	下（雨）	曲(ま)がります	轉彎
やります	做	分(わ)かります	知道、懂	渡(わた)ります	通過

（二）II類動詞（一段動詞） MP3-74

「～eます」

日文	中譯	日文	中譯	日文	中譯
上(あ)げます	給	入(い)れます	放入	生(う)まれます	出生
教(おし)えます	教	掛(か)けます	打（電話）	消(き)えます	消失、熄滅
閉(し)めます	關	食(た)べます	吃	疲(つか)れます	疲倦、累
付(つ)けます	開（燈）	勤(つと)めます	工作	出(で)かけます	出門
並(なら)べます	排列	寝(ね)ます	睡覺	晴(は)れます	放晴
見(み)せます	讓人看				

「～iます」

日文	中譯	日文	中譯	日文	中譯
浴(あ)びます	沖（水）	居(い)ます	在、有	起(お)きます	起床
降(お)ります	下（車）	借(か)ります	跟人借	着(き)ます	穿（衣）
出来(でき)ます	會、完成	見(み)ます	看		

（三）Ⅲ類動詞（カ變・サ變） MP3-75

「します」、「きます」

日文	中譯	日文	中譯
します	做	来(き)ます	來

※動詞常常不只一個意思，最好相關的用法都能熟記。

二　イ形容詞 MP3-76

日文	中譯	日文	中譯	日文	中譯
赤(あか)い	紅的	青(あお)い	藍的	黄色(きいろ)い	黃色的
白(しろ)い	白的	黒(くろ)い	黑的	丸(まる)い	圓的
長(なが)い	長的	短(みじか)い	短的	忙(いそが)しい	忙碌的
近(ちか)い	近的	遠(とお)い	遠的	痛(いた)い	痛的
高(たか)い	貴的、高的	低(ひく)い	低矮的	安(やす)い	便宜的
狭(せま)い	狹小的	広(ひろ)い	寬廣的	若(わか)い	年輕的
太(ふと)い	粗的、胖的	細(ほそ)い	細的	可愛(かわい)い	可愛的
強(つよ)い	強的	弱(よわ)い	弱小的	汚(きたな)い	髒的
いい	好的	悪(わる)い	壞的	明(あか)るい	明亮的、開朗的
暗(くら)い	黑暗的	暖(あたた)かい	暖和的	涼(すず)しい	涼爽的
新(あたら)しい	新的	古(ふる)い	舊的	おいしい	好吃的
まずい	不好吃的	大(おお)きい	大的	小(ちい)さい	小的

日文	中譯	日文	中譯	日文	中譯
暑（あつ）い	熱的	寒（さむ）い	寒冷的	冷（つめ）たい	冰冷的
熱（あつ）い	燙的				
早（はや）い	早的	遅（おそ）い	慢的、晚的	薄（うす）い	淡的、薄的
速（はや）い	快的				
重（おも）い	重的	軽（かる）い	輕的	甘（あま）い	甜的
辛（から）い	辣的	面白（おもしろ）い	有趣的	つまらない	無聊的

三　ナ形容詞 MP3-77

日文	中譯	日文	中譯	日文	中譯
きれい	漂亮	上手（じょうず）	高明、厲害	下手（へた）	技巧糟糕
好（す）き	喜歡	嫌（きら）い	討厭	暇（ひま）	空閒
静（しず）か	安靜	賑（にぎ）やか	熱鬧	便利（べんり）	方便
色々（いろいろ）	各式各樣	大切（たいせつ）	重要	元気（げんき）	有精神、有活力
有名（ゆうめい）	有名	丈夫（じょうぶ）	結實、牢固	立派（りっぱ）	傑出、雄偉
嫌（いや）	厭惡	大好（だいす）き	非常喜歡	大丈夫（だいじょうぶ）	沒問題

四　副詞 MP3-78

日文	中譯	日文	中譯	日文	中譯
あまり	（不）太～	いつも	總是	おおぜい	很多人
すぐに	立刻	すこし	稍微	たいてい	大致上
たいへん	非常	たくさん	很多	たぶん	大概
ちょうど	剛好	ちょっと	稍微	ぜんぶ	全部
とても	非常	ときどき	有時、偶爾	ほんとうに	真的
また	又	まっすぐ	直直地	もちろん	當然
ゆっくり	慢慢地	よく	經常		

五　名詞

（一）單音節名詞 MP3-79

日文	中譯	日文	中譯	日文	中譯	日文	中譯
背（せ）	身高	目（め）	眼睛	歯（は）	牙齒	手（て）	手
戸（と）	門	木（き）	樹木	絵（え）	圖畫	血（ち）	血

（二）雙音節名詞 MP3-80

日文	中譯	日文	中譯	日文	中譯	日文	中譯
顔（かお）	臉	声（こえ）	（人的）聲音	耳（みみ）	耳朵	花（はな） 鼻（はな）	花 鼻子
口（くち）	嘴巴	足（あし）	腳	父（ちち）	家父	母（はは）	家母
兄（あに）	家兄	姉（あね）	家姊	人（ひと）	人	部屋（へや）	房間
窓（まど）	窗戶	門（もん）	大門	風呂（ふろ）	浴缸	庭（にわ）	院子
家（いえ）	房子	椅子（いす）	椅子	箱（はこ）	盒子	春（はる）	春天
夏（なつ）	夏天	秋（あき）	秋天	冬（ふゆ）	冬天	池（いけ）	水池

日文	中譯	日文	中譯	日文	中譯	日文	中譯
海（うみ）	海	山（やま）	山	橋（はし）	橋	川（かわ）	河川
空（そら）	天空	鳥（とり）	鳥	医者（いしゃ）	醫生	風（かぜ）	風
						風邪（かぜ）	感冒
駅（えき）	車站	店（みせ）	商店	道（みち）	路	町（まち）	城鎮
服（ふく）	衣服	靴（くつ）	鞋子	物（もの）	東西	傘（かさ）	傘
鍵（かぎ）	鑰匙	お茶（ちゃ）	茶	水（みず）	水	肉（にく）	肉
塩（しお）	鹽巴	辞書（じしょ）	字典	本（ほん）	書	朝（あさ）	早上
昼（ひる）	中午	夜（よる）	夜晚	晩（ばん）	晚上	前（まえ）	前面
横（よこ）	旁邊	右（みぎ）	右邊	側（がわ）	一旁	辺（へん）	附近
角（かど）	角	次（つぎ）	下個	後（あと）	之後	西（にし）	西邊
北（きた）	北邊	歌（うた）	歌	国（くに）	國家	紙（かみ）	紙張
色（いろ）	顏色	地図（ちず）	地圖	意味（いみ）	意思		

（三）三音節名詞 MP3-81

日文	中譯	日文	中譯	日文	中譯	日文	中譯
あたま 頭	頭	からだ 体	身體	なか お腹	肚子	かぞく 家族	家人
わたし 私	我	かない 家内	內人	じぶん 自分	自己	おとこ 男	男性
おんな 女	女性	つくえ 机	桌子	かびん 花瓶	花瓶	くすり 薬	藥品
びょうき 病気	生病	でぐち 出口	出口	やおや 八百屋	蔬果店	かいしゃ 会社	公司
うわぎ 上着	外衣	ぼうし 帽子	帽子	せびろ 背広	西裝	かばん 鞄	皮包、書包
にもつ 荷物	行李	めがね 眼鏡	眼鏡	とけい 時計	鐘錶	さけ お酒	酒
はん ご飯	飯	りょうり 料理	菜	やさい 野菜	蔬菜	さかな 魚	魚
さとう 砂糖	糖	しょうゆ 醤油	醬油	かし お菓子	點心、零食	たばこ	香菸
ちゃわん 茶碗	碗	さら お皿	盤子	でんしゃ 電車	電車	くるま 車	車子
きっぷ 切符	票	かんじ 漢字	漢字	ことば 言葉	語言	えいご 英語	英語
じゅぎょう 授業	上課	ざっし 雑誌	雜誌	じびき 字引	字典	てがみ 手紙	信

日文	中譯	日文	中譯	日文	中譯	日文	中譯
葉書（はがき）	明信片	切手（きって）	郵票	休み（やすみ）	假日、休假	仕事（しごと）	工作
旅行（りょこう）	旅行	掃除（そうじ）	打掃	散歩（さんぽ）	散步	夕べ（ゆうべ）	昨晚
後ろ（うしろ）	後面	左（ひだり）	左邊	隣（となり）	隔壁	向こう（むこう）	對面、那邊
東（ひがし）	東邊	南（みなみ）	南邊	映画（えいが）	電影	名前（なまえ）	名字
同じ（おなじ）	相同	写真（しゃしん）	照片	時間（じかん）	時間	お金（おかね）	金錢
電気（でんき）	電燈	茶色（ちゃいろ）	咖啡色	話（はなし）	話語		

（四）四音節名詞 MP3-82

日文	中譯	日文	中譯	日文	中譯
おとうと 弟	弟弟	いもうと 妹	妹妹	りょうしん 両親	雙親
きょうだい 兄弟	兄弟姊妹	おじさん	叔叔	おばさん	阿姨
おく 奥さん	夫人、太太	ともだち 友達	朋友	みな 皆さん	各位
かいだん 階段	樓梯	げんかん 玄関	玄關	しょくどう 食堂	餐廳、食堂
ほんだな 本棚	書架	はいざら 灰皿	菸灰缸	どうぶつ 動物	動物
びょういん 病院	醫院	い　ぐち 入り口	入口	たてもの 建物	建築物
としょかん 図書館	圖書館	ぎんこう 銀行	銀行	こうばん 交番	派出所
がいこく 外国	外國	こうえん 公園	公園	くつした 靴下	襪子
えんぴつ 鉛筆	鉛筆	せっ 石けん	肥皂	のみもの 飲物	飲料
ぎゅうにゅう 牛乳	牛奶	た　もの 食べ物	食物	くだもの 果物	水果
ぶたにく 豚肉	豬肉	とりにく 鳥肉	雞肉	ぎゅうにく 牛肉	牛肉

日文	中譯	日文	中譯	日文	中譯
弁当（べんとう）	便當	飛行機（ひこうき）	飛機	自動車（じどうしゃ）	汽車
自転車（じてんしゃ）	腳踏車	地下鉄（ちかてつ）	地鐵	学校（がっこう）	學校
学生（がくせい）	學生	先生（せんせい）	老師	教室（きょうしつ）	教室
平仮名（ひらがな）	平假名	片仮名（かたかな）	片假名	練習（れんしゅう）	練習
質問（しつもん）	發問	問題（もんだい）	問題	宿題（しゅくだい）	作業
作文（さくぶん）	作文	勉強（べんきょう）	學習	新聞（しんぶん）	報紙
封筒（ふうとう）	信封	結婚（けっこん）	結婚	洗濯（せんたく）	洗衣服
買物（かいもの）	購物	夕方（ゆうがた）	傍晚	番号（ばんごう）	號碼

（五）五音節名詞 MP3-83

日文	中譯	日文	中譯	日文	中譯
お父(とう)さん	父親	お母(かあ)さん	母親	お兄(にい)さん	哥哥
お姉(ねえ)さん	姊姊	お爺(じい)さん	爺爺	お婆(ばあ)さん	奶奶
お手洗(てあら)い	洗手間	冷蔵庫(れいぞうこ)	冰箱	喫茶店(きっさてん)	咖啡廳
誕生日(たんじょうび)	生日	映画館(えいがかん)	電影院		

（六）六音節名詞 MP3-84

日文	中譯	日文	中譯	日文	中譯
外国人(がいこくじん)	外國人	郵便局(ゆうびんきょく)	郵局	留学生(りゅうがくせい)	留學生

六　外來語 MP3-85

日文	中譯	日文	中譯	日文	中譯
アパート	公寓	エレベーター	電梯	カメラ	相機
カレンダー	月曆	ギター	吉他	クラス	班級
コート	外套	コップ	杯子	シャツ	襯衫
スカート	裙子	テープ	錄音帶、膠帶	テーブル	桌子
テスト	測驗	デパート	百貨公司	テレビ	電視
ドア	門	トイレ	廁所	ナイフ	刀子
ニュース	新聞	ハンカチ	手帕	フィルム	底片
プール	游泳池	フォーク	叉子	ページ	頁數
ベッド	床	ボールペン	原子筆	ボタン	鈕釦
ホテル	飯店	ストーブ	暖爐	スプーン	湯匙

日文	中譯	日文	中譯	日文	中譯
スポーツ	運動	ズボン	褲子	スリッパ	拖鞋
セーター	毛衣	ネクタイ	領帶	ノート	筆記本
パーティー	宴會	バス	公車	バター	奶油
パン	麵包	ポケット	口袋	マッチ	火柴
ラジオ	收音機	レコード	唱片	レストラン	餐廳

七　寒暄用語 MP3-86

日文	中譯
こんにちは。	你好。
こんばんは。	晚安。
おはようございます。	早安。
おやすみなさい。	晚安。（睡前說）
ただいま。	我回來了。
おかえりなさい。	你回來啦。／歡迎回來。
いってきます。	我走了。
いってらっしゃい。	請慢走。
いただきます。	我要吃了。／開動。
ごちそうさまでした。	我吃飽了。／謝謝您的招待。
いらっしゃいませ。	歡迎光臨。
ごめんなさい。	對不起。
すみません。	不好意思。
ありがとうございました。	謝謝您。
ありがとう。	謝謝。
どういたしまして。	別客氣。

附錄 4

新日檢「Can-do」檢核表

日語學習最終必須回歸應用在日常生活，在聽、說、讀、寫四大能力指標中，您的日語究竟能活用到什麼程度呢？本附錄根據JLPT官網所公佈之「日本語能力測驗Can-do自我評價調查計畫」所做的問卷，整理出25條細目，依聽、說、讀、寫四大指標製作檢核表，幫助您了解自我應用日語的能力。

聽

目標：在教室、身邊環境等日常生活中會遇到的場合下，透過慢速、簡短的對話，即能聽取必要的資訊。

□ 1. 簡単な道順や乗り換えについての説明を聞いて、理解できる。
聽取簡單的路線指引或是轉乘說明，可以理解。

□ 2. 身近で日常的な話題（例：趣味、食べ物、週末の予定）についての会話がだいたい理解できる。
可以大致理解關於身邊日常生活話題（例如嗜好、食物、週末的計畫）的對話。

□ 3. 簡単な指示を聞いて、何をすべきか理解できる。
聽取簡單的指示，可以理解應該做什麼。

□ 4. 先生からのお知らせを聞いて、集合時間、場所などがわかる。
聽取老師的通知，可以了解集合時間、地點等。

說

目標：能進行簡單的日常生活會話。

□ 1. 自分の家族や町など身近な話題について説明することができる。

可以說明自己家人或是城鎮等與己身相關的話題。

□ 2. 観光地などで会った人に声をかけて、簡単な会話ができる。

在觀光景點等，可以與遇到的人打招呼，進行簡單的對話。

□ 3. 自分の部屋について説明することができる。

可以說明介紹自己的房間。

□ 4. 驚き、嬉しさなどの自分の気持ちと、その理由を簡単なことばで説明することができる。

可以用簡單的語彙，說明驚訝或高興等自己的心情，以及其理由。

□ 5. 日常的なあいさつと、その後の短いやりとりができる（例：「いい天気ですね」など）。

可以進行日常的打招呼以及之後簡短的應對（例如「天氣真好啊」等等）。

□ 6. 趣味や興味のあることについて、話すことができる。

可以陳述關於嗜好以及感興趣的事物。

□ 7. 店、郵便局、駅などで、よく使われることば（例：「いくらですか」「〇〇をください」）を使って、簡単なやりとりができる。

在店家、郵局、車站等地，能運用常用的語彙（例如「多少錢」、「請給我〇〇」），做簡單的應對。

□ 8. 自己紹介をしたり、自分についての簡単な質問に答えたりすることができる。

可以自我介紹，或回答關於自身的簡單詢問。

讀

目標：理解日常生活中以平假名、片假名或是漢字等書寫的語句或文章。

□ 1. 知人や友人から来たはがきやメールを読んで、理解できる。

讀完熟人或朋友寄來的明信片或E-mail後，能理解其意義。

□ 2. 絵がたくさん入っている本や漫画を読んで、だいたいのストーリーが理解できる。

閱讀有大量圖畫的書或是漫畫，可以大致理解故事內容。

□ 3. 新聞の広告やチラシを見て、安売り期間や値段などがわかる。

看報紙的廣告或是傳單，可以知道特價期間或價格等。

□ 4. 年賀状や誕生日のカードを読んで、理解できる。

讀完賀年卡或生日卡後，能理解其意義。

□ 5. 学校などで面談の予定表を見て、自分の面談の曜日と時間がわかる。

看到學校等面試的預定表，可以知道自己面試的星期幾與時間。

□ 6. 簡単なメモを読んで、理解できる。

讀完簡單的便箋，能理解其意義。

目標：能夠撰寫簡單的文章。

□ 1. 将来の計画や希望（例：夏休みの旅行、やりたい仕事）について簡単に書くことができる。

可以簡單書寫未來計劃或希望（例如暑假的旅行、想從事的工作）。

□ 2. 自分の家族や町などの身近な話題について簡単に書くことができる。

可以簡單書寫有關自己的家人或城鎮等與己身相關的話題。

□ 3. 短い日記を書くことができる。

可以書寫簡短的日記。

□ 4. 友人に、依頼や誘いの簡単な手紙やメールを書くことができる。

可以寫簡單的信或E-mail給朋友，表達請託或邀請。

□ 5. 予定表やカレンダーに、短いことばで自分の予定を書くことができる。

可以在預定表或月曆上，用簡單的語彙，寫上自己的預定計畫。

□ 6. 誕生日のカードや短いお礼のカードを書くことができる。

可以寫生日卡或簡短的謝卡。

□ 7. 簡単な自己紹介の文を書くことができる。

可以書寫簡單的自我介紹文。

memo

memo

國家圖書館出版品預行編目資料

一考就上！新日檢N4全科總整理　新版 / 林士鈞著
--修訂二版-- 臺北市：瑞蘭國際, 2024.01
288面；17 x 23公分 --（檢定攻略系列；84）
ISBN：978-626-7274-84-2（平裝）
1. CST：日語 2. CST：讀本 3. CST：能力測驗

803.189　　112022764

檢定攻略系列 84

一考就上！新日檢N4全科總整理 新版

作者｜林士鈞・責任編輯｜葉仲芸、王愿琦
校對｜林士鈞、葉仲芸、王愿琦

日語錄音｜今泉江利子、野崎孝男、こんどうともこ
錄音室｜不凡數位錄音室、純粹錄音後製有限公司
封面設計｜劉麗雪、陳如琪・版型設計｜張芝瑜、余佳憓
內文排版｜陳如琪、帛格有限公司、余佳憓・美術插畫｜鄭名娣

瑞蘭國際出版

董事長｜張暖彗・社長兼總編輯｜王愿琦

編輯部

副總編輯｜葉仲芸・主編｜潘治婷
設計部主任｜陳如琪

業務部

經理｜楊米琪・主任｜林湲洵・組長｜張毓庭

出版社｜瑞蘭國際有限公司・地址｜台北市大安區安和路一段104號7樓之1
電話｜(02)2700-4625・傳真｜(02)2700-4622・訂購專線｜(02)2700-4625
劃撥帳號｜19914152 瑞蘭國際有限公司・瑞蘭國際網路書城｜www.genki-japan.com.tw

法律顧問｜海灣國際法律事務所　呂錦峯律師

總經銷｜聯合發行股份有限公司・電話｜(02)2917-8022、2917-8042
傳真｜(02)2915-6275、2915-7212・印刷｜科億印刷股份有限公司
出版日期｜2024年01月初版1刷・定價｜420元・ISBN｜978-626-7274-84-2